O DEVORADOR DE HOMENS

Nikki St. Crowe

O Devorador de Homens

Duologia Devourer – 1

São Paulo
2025

Grupo Editorial
UNIVERSO DOS LIVROS

Devourer of men
Copyright © 2024 Nikki St. Crowe

© 2025 by Universo dos Livros

Todos os direitos reservados e protegidos pela Lei 9.610 de 19/02/1998. Nenhuma parte deste livro, sem autorização prévia por escrito da editora, poderá ser reproduzida ou transmitida, sejam quais forem os meios empregados: eletrônicos, mecânicos, fotográficos, gravação ou quaisquer outros.

Diretor editorial
Luis Matos

Gerente editorial
Marcia Batista

Produção editorial
Letícia Nakamura
Raquel F. Abranches

Tradução
Nilce Xavier

Preparação
Alline Salles

Revisão
Nathalia Ferrarezi
Tássia Carvalho

Arte e Capa
Renato Klisman

Dados Internacionais de Catalogação na Publicação (CIP)
Angélica Ilacqua CRB-8/7057

C958d
    Crowe, Nikki St.
       O devorador de homens / Nikki St. Crowe ; tradução de Nilce Xavier.
    -- São Paulo : Universo dos Livros, 2025.
       256 p. (Duologia Devourer)

    ISBN 978-65-5609-778-7
    Título original: *Devourer of men*

    1. Ficção norte-americana I. Título II. Xavier, Nilce III. Série

25-0861   CDD 813

Universo dos Livros Editora Ltda.
Avenida Ordem e Progresso, 157 — 8º andar — Conj. 803
CEP 01141-030 — Barra Funda — São Paulo/SP
Telefone: (11) 3392-3336
www.universodoslivros.com.br
e-mail: editor@universodoslivros.com.br

Para todos aqueles
que se acham fracos.
Vocês não são.

ANTES DE COMEÇAR A LER

Este livro contém linguagem ofensiva, violência, relações familiares abusivas, pais verbalmente abusivos que utilizam linguagem depreciativa com os filhos, conflitos internos relativos à identidade sexual, conflitos internos decorrentes de abuso parental, conteúdo sexual explícito, menções a suicídio, coma/morte de cônjuge, consumo de sangue, cativeiro e submissão.

*"Um homem de coragem indomável,
dizia-se que a única coisa que o fazia estremecer era a visão
do próprio sangue, espesso e de uma cor incomum."*
J. M. BARRIE, PETER PAN

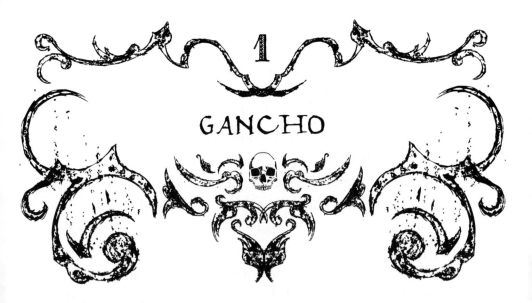

1
GANCHO

Estou nas Sete Ilhas há muito tempo — talvez mais do que ouso contar. E, no entanto, faz muitos, muitos anos desde que pus os pés na ilha conhecida como Terra do Sempre.

A Terra do Sempre está localizada na cadeia de ilhas entre a Terra dos Prazeres e a Terra Soturna, com a Terra do Nunca ao norte.

Sempre se debateu com a própria identidade em relação às demais ínsulas. Quer ser respeitável e poderosa, mas, sob a superfície, luta para corresponder às próprias expectativas.

Em todos esses anos desde que estive aqui, parece ter cedido aos seus impulsos mais deploráveis.

A atmosfera fede a fuligem e urina, e há algo estranho no ar.

Fiquei tão consumido em minha guerra contra Peter Pan que nem reparei nas mudanças que poderiam ter ocorrido nas Sete Ilhas.

— E então? — pergunta a mestre de doca, encarando-me atentamente. Ela tem sobrancelhas finas e arqueadas que emolduram os olhos arregalados, como se estivesse em um perpétuo estado de alarme. Usa um casaco de tweed com vários remendos costurados com linha carmesim, provavelmente para combinar com o vermelho vivo de seus cabelos. Sinto ao seu redor um cheiro que lembra sálvia queimada e chá de especiarias.

— Desculpe, o que foi? — digo, porque não tenho certeza de em que pé estávamos na conversa.

— Quanto tempo? — ela repete, com o livro de registros aberto na mão e a caneta posicionada sobre o papel.

Olho para meu navio, amarrado no meio do cais. Minha irmã mais nova, Cherry, e alguns de meus homens não desembarcaram. Disse a Cherry que queria que ela tomasse conta do único lugar que podemos chamar de lar, mas a verdade é que temo pela segurança de minha irmã mais em terra do que no mar.

— Uma semana para começar — respondo.

— Muito bem. — Na doca ao lado, dois homens gritam um com o outro, até que um revólver é sacado e um tiro é disparado. A mestre de doca ignora e faz uma anotação em seu livro de registros.

— Mas o que aconteceu com este lugar? — murmuro.

A mulher olha para mim através da franja de cabelos ruivos.

— Você quer a verdade ou a minha opinião?

— E tem diferença?

— A monarquia — ela diz e fecha o livro com força. — Dominada por *malum vermes*.

Ela cospe na direção do velho cais.

Malum vermes. Vermes malignos. Na Terra do Sempre, nunca se gostou de chamar uma bruxa de bruxa. Provavelmente porque a monarquia foi fundada por bruxas e agora precisam distorcer a própria história para se sentirem melhor com isso.

De todas as ilhas do arquipélago, a Terra do Sempre é a mais supersticiosa em relação ao mal. Da última vez que estive aqui, penduravam pacotes de cardo embebido em leite nas janelas, na esperança de confundir os *vermes*.

— Vermes malignos, você diz? E o que é isso?

— Ãh? — Ela franze o cenho ligeiramente.

— É a sua opinião ou é a verdade?

A moça dá de ombros e lambe a ponta da caneta, molhando a tinta novamente.

— Cem frongs pela semana.

— Cem?! Você só pode estar brincando.

— Se não gosta, pode navegar até outra ilha.

— Maldição! — Enfio a mão no bolso do casaco e retiro a quantia necessária.

— Por esse preço, este cais devia ser pavimentado com ouro.

Ela dá uma risadinha e pega o dinheiro.

— Reclame com a rainha, sim?

— Vou me certificar disso — respondo com um sorriso forçado.

Alguém a chama e ela se retira apressadamente, resmungando algo sobre dândis de veludo.

Olho para o meu casaco de veludo e começo a questionar a escolha de usá-lo. É um tecido da Terra Invernal, fino e caro, que me custou mais do que eu gostaria de admitir. Era para causar uma impressão impactante; uma que dissesse que sou respeitável e estou sempre em boa forma.

Meu pai fez questão que eu aprendesse isso desde cedo.

Devemos sempre ser vistos como superiores.

Mas isso só dá certo se houver alguém para impressionar. Aqui, funciona como um grande letreiro que diz em letras colossais: "Olá, venha me roubar".

Aborrecido, dou um puxão nas lapelas para esticar o casaco e saio andando pelo píer.

O Porto nº 3 é para viajantes, então aqueles que vagam por lá não têm pressa, e muitos estão bêbados.

Sigo meu caminho até o coração da cidade de Avis do Sul. Avis faz limite com a muralha do castelo da Terra do Sempre, e, do ponto de vista certo, é possível ver as muitas torres do castelo se destacando no horizonte. Ao entardecer, está escuro e nublado demais para enxergar muita coisa, mas, de toda maneira, não vim aqui pela monarquia.

Smee confirmou que o último paradeiro de Wendy era na Prisão da Torre Alta da Terra do Sempre, na extremidade leste de Avis, onde a costa rochosa e as ondas salgadas tornam o local quase inóspito. Com todos os anos que se passaram desde que Peter Pan abandonou Wendy na Terra do Sempre, duvido que ela ainda esteja lá. Não é possível alguém sobreviver tanto tempo na Torre.

Mas então vem a pergunta que não quer calar: se Wendy não é mais uma prisioneira, então por que não enviou notícias? Por que não voltou para a Terra do Nunca?

Não sei se quero ter essas respostas agora. Melhor deixar essas perguntas enterradas por enquanto. Quero, contudo, algumas informações antes de formular um plano.

Uma cacofonia de cascos de cavalos, garotos vendendo jornal e comerciantes anunciando aos berros suas mercadorias toma conta da estrada principal que sai dos cais. O cheiro de amendoins torrados e esterco de cavalo paira no ar.

Os amendoins me fazem pensar imediatamente *nele*, meu inimigo mortal, e procuro me afastar do cheiro o mais rápido que posso.

Na esquina da rua, aguardo uma carruagem passar ruidosamente e seguir em frente. Aqui, a estrada se divide em três direções. É a Segunda Via que eu quero, onde a rua sobe para a parte da cidade conhecida como ColinAcima. Lá, decerto, há muitos quartos para alugar e várias tavernas repletas de bêbados com a língua solta.

Quando a colina se torna uma rua plana, vejo uma placa pendurada diante de uma pousada chamada A Suíte Real. Um coração vermelho pintado à mão decora o topo da placa, com vinhas espinhosas envolvendo as letras estilizadas. Lá dentro, o ambiente está lotado. Risadas, festejos, bebidas e diversão preenchem o espaço enfumaçado. Ninguém repara em minha chegada. Vou até o balcão e sou recebido por uma mulher que tem metade da minha idade, vestindo uma casaca de colarinho alto com um coração vermelho costurado no peito.

— Bem-vindo — diz ela, um pouco distraída, com um pano jogado sobre o ombro e uma bandeja vazia debaixo do braço. — Em que posso lhe servir?

— Um quarto, se tiver disponível.

— Claro. — Ela deixa a bandeja de lado e puxa um tomo grosso, abrindo-o em uma página marcada no centro. É um registro de hóspedes e quartos. — Seu nome, senhor?

— Capitão James Gancho.

Ela escreve meu nome, pega uma chave de ferro e a entrega para mim.

— O quarto fica nos fundos. Número 11, senhor. O jantar é servido às seis e meia. Hoje o senhor já perdeu, mas posso lhe preparar um prato frio se estiver com fome. É ensopado de veado. Ah, meu nome é Mills, sou a cozinheira e dona da pousada.

— Prazer em conhecê-la. Esperarei o jantar de amanhã, mas agradeço a oferta.

Um homem grita o nome da mulher, que solta um suspiro exasperado.

— Algo mais?

— Não, obrigado.

Uma porta lateral dá acesso ao beco que vai até os fundos da taverna, longe da rua mais movimentada e barulhenta. Encontro o quarto número 11, giro a chave e ouço o tranco da fechadura abrindo por dentro.

A porta range quando a empurro. Não é tão grande quanto meu quarto em casa, e a primeira pontada de saudade me pega de surpresa.

Não posso voltar para casa.

Não tenho casa, exceto meu navio.

Peter Pan deixou isso bem claro.

Há três janelas: duas na frente e uma no lado oeste do quarto, que dá para um pequeno jardim nos fundos. A cama de casal, com um colchão irregular e um cobertor desgastado, fica entre duas mesas de cabeceira, com uma lamparina de cada lado.

A torneira do banheiro está pingando.

Abaixo de uma das janelas, puxo uma cadeira de madeira velha e instável junto a uma mesa redonda e me sento. Agora que estou descansando, consigo sentir o balanço das ondas do oceano ecoando em minhas pernas.

Recosto-me na cadeira, fecho os olhos e respiro fundo.

E se eu não conseguir encontrar Wendy Darling?

E se ela não quiser ser encontrada?

Ou pior... e se *ele* a encontrar primeiro?

Impossível. Eu o deixei inconsciente na Terra do Nunca e zarpei com uma boa vantagem.

O Crocodilo jamais poderia ter chegado antes de mim.

Talvez ele nem venha.

Talvez eu nunca mais o veja.

Meu estômago revira só de pensar.

2
GANCHO

Passaram-se sete dias, eu visitei meia dúzia de tavernas e gastei uma fortuna para untar os lábios dos moradores locais, na tentativa de conseguir qualquer migalha de informação.

Qualquer migalha.

E o que consegui com isso?

Nada.

Ninguém ouviu falar de Wendy Darling.

Ninguém tem um contato dentro da Torre ou com os guardas da prisão.

Estou dando de cara com becos sem saída.

— Boa noite, Capitão — Mills cumprimenta conforme passo pela entrada da taverna e sigo em direção aos fundos. Ela está batendo em um tapete com um bastão de bambu. Nuvens de poeira se levantam no ar. O suor gruda em alguns fios de seu cabelo castanho-escuro.

— Boa noite, senhora.

— Mills — ela corrige.

— É claro. — Sorrio para ela e continuo andando. Ainda nem deu a hora do jantar e minha cabeça já está latejando e minha visão borrada depois de consumir três grandes cálices de vinho da Terra do Sempre, por insistência de Big Billy Green.

Apesar do nome, Big Billy era bem mais baixo que eu, mas bebia como se tivesse o dobro do meu tamanho.

Big Billy Green pode até não conseguir enxergar muito acima dos balcões das tavernas, mas consegue beber todas as garrafas atrás deles.

Ouvi dizer que ele conhecia Smee, por isso pensei que talvez soubesse algo sobre Wendy.

Mas foi outro beco sem saída.

Vou me arrastando até a porta de meu quarto, enfio meu gancho no anel da chave e a puxo de meu bolso, girando-a enquanto penso:

Talvez eu esteja indo pelo caminho errado.

Quantos anos se passaram desde a última vez que vi Wendy? Quantos anos ela teria agora?

Ninguém envelhece como os mortais no arquipélago, mas cada ilha tem sua magia. Na Terra do Nunca, ninguém envelhecia. Se bem me lembro, o envelhecimento na Terra do Sempre não é tão diferente assim do envelhecimento mortal.

Tal pensamento me dá um frio na barriga.

E se Wendy já estiver morta?

E se...

Ao pisar sobre a soleira, ouço algo estalando sob minhas botas.

Levanto o pé e vejo uma porção de cascas de amendoim estilhaçadas.

O ar congela nos meus pulmões, e gelo percorre minhas veias.

Não.

Dou meia-volta, com o coração martelando nos ouvidos, mas não há ninguém ali.

Só Mills, lá na frente, batendo no tapete.

Pocotó. Pocotó.

O eco dos cascos dos cavalos na rua abaixo se mistura às vozes que ecoam das janelas abertas nos fundos da taverna.

Onde você está, Crocodilo?

Uma brisa sopra pelo pátio levantando um turbilhão de folhas secas que flanam pelos paralelepípedos.

Será que ele está me esperando na taverna?

Sombras passam diante das janelas abertas, mas não consigo distinguir nenhum rosto.

Sinto-me exposto, vulnerável. Era exatamente essa a intenção dele, não era?

Sinto meu rosto queimar, só de pensar que ele pode estar me observando.

Malditos sejam ele e essa provocação. Não vou cair nessa.

Enfio a chave na fechadura e entro no quarto antes de reconsiderar minha pressa.

E se ele estiver me esperando lá dentro?

Empunho o gancho como uma arma, com a outra mão no cabo da pistola, por precaução.

Olho atrás da porta e, em seguida, avanço com cuidado para o banheiro.

Não tem ninguém.

Gargalhadas retumbantes ressoam da taverna e eu dou um pulo. Às risadas, segue-se o baque de canecos de cerveja batendo nos tampos sólidos das mesas de madeira.

Empurro a porta com a ponta da bota e deslizo o ferrolho para trancá-la. Então, puxo uma das cadeiras para o centro do quarto e me sento nela, de frente para a porta, com a pistola a postos no meu colo.

Quando ele aparecer, vou meter uma bala bem no meio dos seus olhos.

Parece que estou sentado nesta maldita cadeira há horas, mas não tenho como saber ao certo. Atirei o relógio pela janela assim que cheguei. Tudo que sei é que está escuro lá fora e a animação da taverna já diminuiu.

Minutos, horas, e nada do Crocodilo.

Ando de um lado para o outro no quarto, tentando montar minha estratégia e adivinhar a dele.

E se ele já encontrou Wendy e foi atrás dela? E se as cascas de amendoim foram apenas uma armadilha para me manter aqui?

Minhas costas começam a doer de tanto zanzar em círculos e sirvo-me de uma bebida.

Com o copo na mão, sento-me novamente e sorvo um longo gole. O álcool ajuda a dissipar o frio no estômago, mas não me ajuda a acalmar os nervos.

Estou exausto, com os olhos pesados. Mas ficarei acordado a noite toda, se preciso for.

Esvazio o copo, coloco-o no chão ao meu lado e puxo a pistola novamente.

Sinto-me melhor com o gatilho ao alcance.

Meus olhos se fecham por um instante, e eu desperto sobressaltado logo depois.

— Fique esperto — murmuro para mim mesmo, como se o som da minha própria voz pudesse quebrar parte da tensão que ameaça me consumir.

Quanto tempo falta para o amanhecer? Quatro horas? Seis?

Maldição, se ao menos eu não odiasse tanto relógios.

Pisco novamente e o cansaço ameaça me vencer.

Eu consigo. Tenho que conseguir.

Que tolice a minha pensar assim.

ROC

Entrar no quarto do Capitão não exige esforço algum. Mills, a estalajadeira, ficou mais do que contente em me dar uma chave extra quando eu lhe disse que queria fazer uma surpresa a *meu grandessíssimo melhor amigo*, o Capitão James Gancho.

— Ele parecia mesmo estar precisando — disse Mills. — De um amigo, quero dizer.

— Ah, você nem imagina — eu respondi.

Quando entro em seu quarto, encontro-o dormindo profundamente em uma cadeira meio bamba, a pistola na mão frouxa. Ainda nem é a hora das bruxas. A noite é só uma criança.

Deixo a porta entreaberta, vou até ele e me abaixo. Uma pegada de distância é tudo que nos separa.

Inspiro fundo e sinto o cheiro de *pirata*. Rum, especiarias e charutos velhos.

Sua boca está ligeiramente aberta, as respirações regulares do sono escapando de seus lábios.

James se barbeou desde que me deixou.

Por que será?

Parece ter metade da idade. Menos pirata dissoluto, mais filho de mercador fingindo ser quem não é.

Talvez esteja tentando se esconder de mim, como se uma fera como eu não fosse capaz de reconhecê-lo até no escuro.

Uma sensação estranha se espalha em meu peito, uma batida crescente em meu coração.

Enquanto navegava até aqui, planejei todas as maneiras pelas quais faria o Capitão Gancho gritar. Mas, agora que estou frente a frente com ele, um grito não parece tão satisfatório quanto um gemido.

Acho que, antes, vou brincar um pouco com esse pirata. Talvez eu até goste.

Silenciosamente, puxo a outra cadeira da mesa próxima à janela e me esparramo nela.

O Capitão nem se move.

Uma lamparina a óleo ainda está queimando na mesa de cabeceira e enche o quarto com uma luz pesada e bruxuleante.

Pego um punhado de amendoins, quebro a casca de um deles e aguardo.

Ele acorda à meia-noite e meia.

Seus cílios tremulam contra as bochechas e ele se endireita, estica as pernas, então se lembra de que deveria estar alerta para feras muito assustadoras e imediatamente se apruma na cadeira.

Quando me vê do outro lado do quarto, seus instintos assumem o controle e ele aponta a pistola, puxando o gatilho.

A bala atinge as pedras de gesso da parede logo acima do meu ombro e cai no chão.

— Errou por pouco, Capitão — digo e jogo fora uma casca de amendoim. — Também senti sua falta.

Gancho se levanta num piscar de olhos, mas, como está um pouco bêbado e desorientado, eu desvio facilmente dele.

Também sou mais rápido. Ser um antigo monstro sobrenatural tem suas vantagens.

Ele gira, perplexo.

— *Você.*

— Eu — respondo e jogo um amendoim na boca, falando de boca cheia. — Esperava outra pessoa? Não me deixe com ciúme, Capitão.

Ele avança para cima de mim e eu me deixo cair em seus braços. James nos faz recuar até eu bater de costas na parede oposta com um gemido seco e exagerado, então ele me encurrala.

Sua respiração é quente, seus olhos estão arregalados e injetados de sangue.

— Eu vou te matar.

Dou uma risadinha.

— Lá vem você com essa ladainha.

— Pare de sorrir, porra!

— Talvez você devesse tentar sorrir mais, Capitão. — Mostro-lhe meus dentes. — Quem sabe eu não te dê um motivo para sorrir.

Ele reage com desdém e traz a ponta afiada de seu gancho até minha garganta. Cava o metal em minha carne, perfurando a pele, e, quando o primeiro jorro quente de sangue vem à tona, estou de pau duro.

Meu coração está disparado, borboletas reviram meu estômago e, caralho, eu adoro cada segundo disso.

Ele vai mesmo me matar?

A morte deve ser a irmã da aventura. O coração certamente bate da mesma forma.

— Vá em frente — eu lhe digo. — Derrame meu sangue e veja o que acontece.

O que vai acontecer? Eu não sei. Mas estou ansioso para descobrir.

— Você mentiu para mim — ele cospe.

Está se referindo a Wendy Darling.

— Você me abandonou — retruco.

— Eu deveria ter te matado enquanto você estava inconsciente.

— *Tsc-tsc...* E o que seu pai teria pensado disso? Matar um homem que estava inconsciente sob seu teto? *Que deselegante, Capitão.*

Ele range os dentes e se inclina sobre mim, empurrando o gancho mais fundo em minha garganta. Só que, agora que está mais perto, não tem como confundir a protuberância entre minhas coxas.

Eu sorrio novamente.

Toda a cor desaparece de seu rosto.

A tensão se dissipa e ele cambaleia para trás.

Então é assim.

Não sei ao certo se estou desapontado ou deleitado por ter encontrado um ponto fraco. Estava simplesmente testando as possibilidades e fui na primeira, na mais óbvia.

O Capitão claramente tem questões paternas mal resolvidas.

Eu também, para ser honesto. Apenas ignoro melhor. Vane e eu. Nós crescemos como a elite da Terra Soturna, alimentados por uma mentira. Podemos ser bestas vorazes, mas há certas coisas que não conseguimos engolir.

— Cale a boca — o Capitão diz num fiapo de voz.

— E qual seria o propósito disso?

James desaba na cadeira, ainda um pouco desorientado, talvez um pouco derrotado.

Esse desconforto no meu peito... seria isso o que chamam de culpa?

— Capitão.

Ele pestaneja, mas olha para mim. Seu cabelo castanho-escuro está desgrenhado, um pouco seco e ondulado por causa do ar salgado do mar. Está cansado e desgastado, e, sim, acho que isso pode ser culpa. Acho que nunca senti um momento de culpa em toda minha vida, exceto quando minha irmã morreu.

Vou até a mesa, sirvo uma dose de rum e lhe entrego.

— Beba.

Há um brilho de cautela em seu olhar enquanto examina o copo, então verifica a garrafa atrás dele.

— Posso garantir, Capitão, que, se eu te quisesse morto, simplesmente te comeria. Cada saboroso pedacinho.

Gancho bufa, aceita a oferta e vira o rum de uma vez. Faz uma careta ao sentir a queimação na garganta e então arrasta os nós dos dedos sobre a boca, limpando o excesso de gotas.

Olha só esses lábios... tão lindos e molhados.

Uma pulsação primitiva lateja em meu âmago, e eu gostaria de poder confundi-la com algo diferente de desejo.

Não é hora de trepar e ainda assim...

— O que você está fazendo aqui? — ele finalmente pergunta.

— Uma pergunta muito estúpida quando você claramente sabe a resposta.

Pego de volta o copo que está em sua mão.

— Ela não está aqui — diz Gancho. — Estou procurando pistas há dias e ninguém ouviu falar dela.

— Talvez você esteja procurando nos lugares errados e fazendo as perguntas erradas.

25

— Eu sei como fazer algumas malditas perguntas — ele rebate, de cara feia.

Puxo minha cadeira para o centro do cômodo e a giro para sentar-me de trás para a frente e apoiar meus braços sobre o encosto.

— Seu orgulho está te atrapalhando.

— Não, não está — ele diz, cortante na defensiva.

— Pergunte-me se encontrei alguma pista — eu devolvo.

Seu olhar se estreita ainda mais e sua boca se curva para baixo nos cantos.

— Você encontrou?

As palavras saem baixinhas, ardentes de esperança.

— Sim.

Ele se senta mais adiante.

— Como? Quando?

— Sou eficiente. E persuasivo.

— Depois eu que sou o orgulhoso.

— Eu disse que seu orgulho estava atrapalhando. Você pode ser orgulhoso e não tropeçar nisso.

— Vá direto ao ponto, fera.

Inclino-me para a frente, como se estivesse prestes a lhe contar um segredo. Ele também se inclina, como se estivesse prestes a ouvir um.

— Conheci uma garota ontem à noite — começo. Gancho revira os olhos e se recosta dramaticamente, e sinto um toque de ciúme no ar. — E, quando eu estava enterrado até as bolas naquela bocetinha de mel... — James contrai a mandíbula até ranger os molares. — ... ela me contou uma história.

Isso é parcialmente verdade. Eu só gosto de cutucá-lo para ver como ele dança.

A verdade é que conheci mesmo uma garota, mas a informação foi adquirida com a ajuda de certa rainha fada banida que tem o poder de cavar mentes e extrair informações valiosas.

Não houve sexo envolvido.

— Deixe-me adivinhar — diz o Capitão. — Ela disse que você foi a melhor transa que ela já teve?

— Bem, isso nem precisa dizer.

James desdenha.

— Eu realmente trepo como um deus. Pergunte a qualquer um.

— Prefiro não.

— Eu posso te mostrar.

Gancho se inquieta, remexendo-se, e a cadeira percebe sua agitação, pontuando-a com um rangido alto. Seu rosto está queimando. Acho que gosto dele sem pelos faciais. Não há lugar nenhum para ele se esconder.

— Pare de tentar desviar a conversa — ele diz. — Wendy. Foco em Wendy.

Abro minhas longas pernas. O olhar do Capitão segue o movimento, e eu o pego observando minha virilha.

— A garota me disse que uma amiga dela tinha uma avó que ficou presa na Torre, muitos anos atrás, e dividia a cela com uma mulher chamada Wendy.

Uma corrente de ar faz a chama da lamparina tremular, a luz piscando no rosto do Capitão enquanto seus olhos saltam de volta para os meus.

— Wendy Darling?

— Sim.

A cadeira range novamente.

— Ela ainda está viva?

Eu dou de ombros.

— Devo encontrar a garota... — Pego meu relógio de bolso e o Capitão estremece com o *tique-taque*. — ... daqui uma hora e dez.

— Tarde assim?

— A Terra do Sempre não dorme.

— Onde?

Estalo minha língua para ele.

— Você deixou bem claro que não queria trabalhar em equipe, Capitão. Afinal, me abandonou inconsciente na Terra do Nunca e navegou para o pôr do sol, sem um monstrinho ao seu lado. — Eu me levanto. — Então, se me der licença, eu realmente preciso ir.

— Espere! — Ele também se levanta e estende a mão para mim, puxando-me pelo punho.

Reparo na sua pele contra a minha. A dele é lisa, sem manchas e um pouco queimada pelo sol; a minha é pálida e cheia de tatuagens e cicatrizes.

Somos uma dicotomia, o Capitão e eu. Ele quer esquecer quem é, e eu tenho medo de não me lembrar de quem eu era.

— Sinto muito — ele diz baixinho e franze a testa perante a própria confissão, como se isso o surpreendesse, esgueirando-se por seus lábios tais palavrinhas traiçoeiras.

Eu me importo se ele é sincero? Eu me importo se procuramos Wendy juntos ou separados? Pode ser divertido entrar nesse jogo.

Mas, como gosto de torturar homens orgulhosos, respondo:

— O que foi? Não consegui te ouvir.

— Tenha a santa paciência! — Ele revira os olhos e solta meu braço. — Sinto muito por ter te deixado inconsciente! Sinto muito por ter partido sem você. Deu para ouvir agora?

— Ora, também não precisa gritar, Capitão.

Ele aponta o gancho para mim.

— Mudei de ideia. Acho melhor te assassinar.

Eu rio e me viro para a porta.

— Venha, Capitão. Vamos beber e comer alguma coisa enquanto esperamos nossa reunião. Prometo ser um bom menino e comer apenas o que estiver no meu prato.

Olho para trás e lhe dou uma piscadinha. Seu rosto está rosa novamente e, ai, caralho, acho que nunca vi nada tão delicioso.

Com um suspiro pesado, o Capitão apaga a lamparina e me segue porta afora.

4
GANCHO

Qualquer um que passasse a essa hora da noite pelo movimentado Distrito das Docas da Terra do Sempre, quando só há degenerados, bêbados e bandidos nas ruas, concordaria que o Crocodilo se encaixa perfeitamente no ambiente.

Na verdade, ele até se destaca.

Acho que é por causa da ausência despreocupada de medo e cautela, como se não houvesse inimigo ou aliado que chegasse aos seus pés.

Na esquina seguinte, vários homens começam a brigar trocando socos e empurrões. Um deles puxa uma lâmina e dá uma facada em alguém. Gritos. Outro homem os atiça, jogando mais lenha na fogueira.

O Crocodilo passa, todo faceiro, sem dar a mínima para a algazarra, preocupado apenas com seus amendoins. Estou alguns passos atrás dele, e o rastro de cascas ocas estala sob as solas das minhas botas.

— Onde é essa reunião? — pergunto.

— No Poço das Gorjetas — ele responde, espanando as mãos e acendendo um cigarro. À nossa esquerda, um dos homens briguentos esfaqueia outro no estômago. Eu desvio do sangue que tinge os paralelepípedos. O Crocodilo passa por cima, deixando uma trilha de pegadas sangrentas.

Ouvimos ao longe o apito da Guarda Noturna. A periferia da Terra do Sempre se tornou um lugar de caos e desordem, para o qual a monarquia faz vista grossa.

Afinal, quem está governando este país? A mestre de doca mencionou uma rainha, mas a Terra do Sempre nunca foi um reino de visão progressista. As mulheres normalmente não governam aqui.

Viramos à esquerda no próximo cruzamento e, um quarteirão à frente, vejo a placa com o letreiro O Poço das Gorjetas pendendo de um gancho de ferro e balançando acima de uma porta.

Anos atrás, antes de Roc mutilar minha mão, eu visitava a Terra do Sempre de tempos em tempos para fechar acordos com mercadores. A pirataria estava em alta, e as companhias estavam perdendo carregamentos dia após dia. Era do interesse deles negociar com um corsário como eu, capaz de garantir a segurança no transporte de suas cargas, não só por ser implacável, mas porque secretamente eu controlava todas as rotas de navegação e os piratas que as pirateavam.

Podia até ser deselegante de minha parte, mas eu sabia como os mercadores operavam — faziam suas fortunas à custa de seus trabalhadores. Ninguém tinha princípios morais inabaláveis; eu tampouco.

O Poço das Gorjetas fica na orla do Distrito Mercante, a apenas dez minutos de caminhada do Ministério Mercantil; por isso, era um destino popular de encontros. Já estive na taverna em diversas ocasiões. Nunca pensei, no entanto, em procurar aqui informações sobre um prisioneiro.

O Crocodilo dá mais uma tragada e exala uma nuvem de fumaça, que se acumula sobre seus ombros; quando paramos diante da maciça porta de madeira da taverna, ele joga o cigarro fora e esmaga as brasas sob sua bota. Então me encara:

— Antes de entrarmos, há três regras sobre este lugar que você deve seguir, não importa o que aconteça.

— E desde quando você segue regras? — pergunto, nem um pouco convencido.

— Primeira: *comporte-se*.

— Que merda é...

— Segunda: *sob qualquer circunstância, não beba o vinho*.

— Por que não?

— E terceira: *nunca, jamais, diga obrigado*.

— Ora, por favor. Ter um pouco de educação é o mínimo.

— Capitão! — Ele inclina a cabeça e me repreende com o olhar, como se eu fosse uma refeição que baliu muito alto.

— Juro por Deus que... — digo e sinto o calor eriçando meu peito.

O Crocodilo pisca para mim, dá um tapa em minha bunda e entra.

Eu vou matar esse desgraçado. Juro que vou. Nunca falei tão sério em toda minha vida.

O Poço das Gorjetas não é mais como eu me lembrava. A mobília bamba de madeira barata foi substituída por resistentes móveis de carvalho da Terra Invernal, com assentos de couro num belo tom de esmeralda fixados com bonitos pregos artesanais de bronze, cujas cabeças cinzeladas reluzem tais quais diamantes lapidados.

Os fedorentos e fumacentos lampiões a óleo deram lugar a lâmpadas elétricas, cujo brilho é suavizado por cúpulas de tecido marfim. E, no alto, cordões de luzes que brilham nas sombras abobadadas do teto pendem de viga em viga.

Um aroma de carne assada, nozes açucaradas e tabaco doce preenche o salão.

O fogo crepita na lareira de pedra logo após a porta, e um trio de músicos toca na plataforma ao lado dela.

Respiro fundo e imediatamente me sinto... *estranho*.

O Crocodilo atravessa a taverna e vários clientes o cumprimentam sonoramente.

Cambaleio sem sair do lugar, a cabeça zumbindo, o estômago leve.

— Capitão.

O ambiente é quente e aconchegante, e... eu estou sorrindo? Acho que estou sorrindo. Raramente tenho um motivo para sorrir além de...

— Capitão.

Pisco quando o Crocodilo estala os dedos bem na minha cara.

— Por que me sinto tão... bem? Eu me sinto bem? — Dou uma risadinha.

— Venha. — Ele passa o braço sobre meus ombros e me puxa para seu abraço quente. Sinto seu cheiro de luar e noites selvagens.

— Hum, você tem um cheiro bom. Tudo está muito bom.

— Acho que isso foi um erro. — O Crocodilo me leva para os fundos, até uma cabine semicircular num canto mal iluminado, e me empurra para baixo. — Sente-se.

Eu deslizo pelo banco, rindo.

— Caraca, eu me sinto ótimo.

Uma garçonete de vestido dourado cintilante e o cabelo cheio de borboletas aparece à nossa mesa. Seus olhos são de um tom anormal de ametista, e ela agita os cílios para o Crocodilo.

— Por onde você andava? — ela lhe pergunta.

— Oh, Briar — ele sussurra. — Não posso estar em todos os lugares o tempo todo.

— Da última vez que esteve aqui, deixou minha cama antes da meia-noite. Você prometeu.

— Você fugiu da cama dela? — Eu me inclino para o Crocodilo e rio. — É a cara dele fazer isso — digo à moça.

Ela assente para mim, mas fala com ele.

— Este é o seu dízimo então?

— Absolutamente não. — A voz do Crocodilo muda, ganha um tom de advertência.

— Ele já está bêbado. — As borboletas em seu cabelo se levantam com um suave bater de asas. — Não consegue segurar o riso?

— É, pelo visto ele estava sedento por alegria. — O Crocodilo me cutuca. — Preciso que você se contenha.

— Estou me comportando — digo a ele, sorrindo. — Regra número um.

Ele revira os olhos para mim. Ai, caramba, é o melhor revirar de olhos que já vi. Tão sexy e tão revirado.

O Crocodilo pega várias barras finas de ouro e as coloca sobre a mesa. Na borda superior, elas têm uma inscrição que reconheço imediatamente como língua fae.

— Meu dízimo — ele diz. — Traga pão e cerveja para ele. E rápido, Briar.

A garota borboleta pega as barras e então voa para longe.

— Capitão — ele diz.

— Crocodilo — eu respondo. — Besta-fera. Homem bestial.

Ele grunhe e então decide observar o movimento das pessoas no salão. Todos não passam de um borrão para mim. Vejo apenas o Crocodilo e o corte distinto de seu casaco preto, o caimento perfeito com um abraço nos ombros, a gola estruturada que emoldura a linha de seu queixo. Ah, e o jeito como ele contrai a mandíbula enquanto observa a taverna.

Sua aparência é como a de uma lua nova, escura e misteriosa, tal qual um segredo.

Briar reaparece sem demora com a mão enganchada nas alças de duas canecas de cerveja, enquanto a outra traz uma bandeja de pão grelhado com manteiga. Ela coloca tudo à nossa frente.

— Mais alguma coisa? Talvez um pouco de vinho?

— Sim — eu aceito.

— Não — o Crocodilo recusa e me dá um olhar de advertência.

— Que seja. Estou morrendo de fome. Isso aqui tá com uma cara divina. Obri... — O Crocodilo tapa minha boca com sua mão.

— Regra número três, lembra? — Seus olhos penetram nos meus. Ele está sério e preocupado agora. As sobrancelhas escuras denunciam a severidade. Um peso do qual eu gostaria de aliviá-lo.

Três regras. Sim. Tenho de seguir as regras.

Balanço a cabeça positivamente e ele retira a mão.

— Isso é tudo, Briar — ele diz à garota borboleta e ela desaparece.

A banda muda de ritmo, e a energia da taverna também.

— Coma. — O Crocodilo empurra o pão diante de mim.

Não estou acostumado com pessoas me dando ordens, mas, vindas do Crocodilo... eu deveria odiar, mas não odeio.

Dou uma mordida. A manteiga é untuosa e saborizada com alho e alecrim. O pão é fresco, parece ter sido assado hoje. É crocante por fora e macio por dentro.

Enquanto eu como e bebo a cerveja, o Crocodilo examina o lugar novamente e não diz nada. Não está nem comendo seus malditos amendoins.

Quando o pão acaba, o bom senso retorna a mim, e o primeiro pensamento racional que tenho é de constrangimento, depois raiva. Então lhe pergunto:

— Você me drogou?

Ele ainda está observando o salão.

— É a magia.

— O quê?

Então finalmente olha para mim. Uma mecha de seu cabelo cai sobre a testa e preciso conter o ímpeto de ajeitá-la. Chega a doer o tanto que quero tocá-lo.

— Um ano atrás, várias fadas da Terra dos Prazeres compraram O Poço das Gorjetas. Agora o lugar está infundido com magia fae. A maioria das pessoas só fica mais tranquila quando entra aqui. Isso as mantêm bebendo e gastando dinheiro. Outras pessoas, porém, que podem ou não estar reprimidas com energia e emoção não gastas, caem muito mais fundo.

— O que está insinuando? — Olho feio para ele.

— Estou dizendo que você precisa relaxar um pouco ou vai acabar lambendo a bota de algum dos fae que é dono do lugar antes que a noite acabe. Ou pior — ele acrescenta.

— Você poderia ter me avisado.

— Eu avisei. — O Crocodilo se acomoda no encosto da cabine e abre os braços. — Você simplesmente escolheu me ignorar.

— Acho que o que quer dizer é que eu escolhi não confiar em você.

— Não cometa esse erro de novo.

Estou profundamente ciente de seu braço atrás de mim, da proximidade de sua pele tatuada, da maneira como ele ocupa um espaço que não deveria ser dele, mas que, mesmo assim, lhe pertence.

Ele poderia ter me deixado cair na magia das fadas, mas não deixou.

Por que não?

Eu o observo. Ele moveu o braço esquerdo, a mão enrolada em volta da caneca de cerveja, mas não bebeu nem uma gota. Há certa tensão em seu corpo, apesar da maneira lânguida como se recosta na cabine.

Assim que entramos, só consegui sentir o cheiro da comida e da magia, mas, agora que estamos sozinhos aqui, só consigo sentir o cheiro dele.

Especiarias, almíscar, escuridão e urgência.

Estou sendo engolfado por sua presença.

Será que é a magia de novo? Ele sabia que isso aconteceria? Seria um jeito de se vingar de mim por deixá-lo na Terra do Nunca?

— O que acontece quando você bebe o vinho? — pergunto.

Agora ele me encara. Há um lampejo de depravação em seus olhos que logo desaparece.

— Você perde suas inibições — ele responde.

— Não é isso que todo álcool faz?

— Você não fica bêbado, Capitão. — Ele se inclina mais perto para poder sussurrar em meu ouvido. — Apenas fica ousado.

Um arrepio percorre minha espinha.

Eu naveguei pelos mares das Sete Ilhas. Visitei cinco delas. Lutei contra muitos piratas e matei muitos mais.

E, ainda assim, há dias em que estou ciente de que sou movido principalmente pelo medo.

Medo de quem eu sou.

Medo de quem eu não sou.

Medo do que acontece quando me encaro no espelho.

Ser ousado é ser verdadeiro, e eu sou feito de mentiras.

Preciso de mais uma fatia de pão com manteiga e um segundo copo de cerveja para conseguir dissipar o torpor da magia da taverna. O tempo todo, o Crocodilo observa o salão e me ignora. O que é bom. Tenho medo de como posso reagir se ele me provocar.

Apesar disso, estou infinitamente fascinado e não consigo tirar os olhos dele.

Ele está completamente largado na cabine agora, apoiado em um cotovelo, uma perna esticada abaixo da mesa, a outra jogada por cima do banco.

Era uma vez, ele era tudo o que eu temia e odiava.

E ainda é tudo o que odeio, quero dizer. Não o temo mais.

Ou, pelo menos, não o temo mais da mesma forma.

Espere, o que estou dizendo? Não existe zona cinzenta com o Crocodilo. Não posso me esquecer disso. Devo manter meu juízo enquanto ele estiver por perto.

Ele inclina a cabeça e me analisa pela primeira vez em tantos minutos.

As lâmpadas da taverna o banham em uma luz dourada e difusa, e me vejo atraído pelo arco de seus lábios, aquela boca afiada e perigosa. Sinto um frio na barriga, como se estivesse surfando em uma onda destruidora de navios no meio de uma noite escura e tempestuosa.

É obsceno o quão íntimo e provocativo ele pode ser, mesmo em repouso.

Se estivesse em meu navio, estaria me segurando ao gradil com todas as minhas forças, como se minha vida dependesse disso.

É assim que me sinto agora, como se o mundo estivesse se revirando abaixo de mim. E estou exultante e apavorado.

— Capitão — ele me chama e se aproxima, colocando a mão na minha coxa, tão perto do meu pau.

Eu me afasto e bato o joelho na parte de baixo da mesa, e os talheres chacoalham sobre a bandeja.

O Crocodilo franze a testa para mim, mas sua expressão é de divertimento.

— Onde você estava agora? — Ele está sentado novamente, observando-me com uma intensidade que queima.

— O que diabos está dizendo? Estou bem aqui.

Suando. Queimando. Duro como pedra.

Ele desliza rapidamente pelo banco até ficarmos colados um no outro.

Engulo em seco.

— As mentiras que meu capitão me disse. — Ele passa a língua pelo lábio inferior, deixando um traço úmido. E ri. — Esse será o título do meu futuro livro de memórias.

Pego minha bebida, bufando. Qualquer coisa para me distrair, para esconder o tremor em minhas mãos.

Meu capitão. *MEU* capitão?

Ele se inclina, examinando-me de perto, e o oceano se agita novamente.

— Será que existe algo mais sexy que um capitão de navio se retorcendo todo? — Sua boca se curva em um sorriso. — Eu acho que não.

Ai, caralho.

Ele está brincando comigo, e eu estou dançando para ele como a porra de uma marionete.

— Cale a boca — digo porque não consigo pensar em nada mais suficiente.

— Faça eu calar, Capitão — ele desafia, apoiando a língua no incisivo afiado. — Sei um jeito bem divertido para você fazer eu me calar.

— Puta merda. — Aperto minha caneca com mais força. Estou chocado que a argila não tenha rachado.

— Estou falando de boquetes, Capitão.

— Sim, eu sei.

— Quer saber o que eu acho engraçado sobre boquetes?

Sim.

— Não particularmente. — Tomo um longo gole de cerveja desejando que fosse algo mais forte. Será que o rum deste lugar é seguro? Por que só estamos bebendo cerveja? Faço um gesto para Briar.

Ela me vê e levanta um dedo indicando que vem em um minuto.

Olho para Roc. Ele ainda está me encarando, mas se moveu um pouco, e agora o tecido de sua camisa está bem justo no peito. Sei que por baixo do pano há músculos duros e compactos, e sulcos tão profundos que eu poderia derramar meu copo sobre ele e assistir à bebida preencher os vales. Eu poderia beber desses rios.

De repente, estou fantasiando sobre estar de joelhos na frente dele, adorando cada centímetro de seu corpo.

Como chegamos ao assunto de boquetes, afinal?

O Crocodilo quebra um amendoim, e eu não consigo deixar de estremecer com o barulho da casca rachando.

— Abra a boca — ele diz, rolando o amendoim entre o polegar e o indicador.

— Eu não sou um animal de circo.

— Abra a porra da boca, Capitão.

Expiro pelo nariz, mas faço o que ele manda.

Roc joga o amendoim para mim e eu entro no jogo, pegando a isca facilmente. Quebro a noz entre meus molares e a riqueza do sabor enche minha boca.

O Crocodilo continua a me observar. Ele me observa engolir. Ele me observa como se estivesse satisfeito.

— Boquetes são uma dinâmica de poder — ele diz e se senta mais ereto, tirando a casca das mãos. — A maioria das pessoas acha que ficar de joelhos e levar rola na cara é uma posição de submissão. Mas um homem nunca está mais vulnerável do que quando seu pau está na boca de alguém. Especialmente uma boca com dentes afiados.

Roc sorri para mim, e tenho de me reajustar no assento enquanto meu pau se agita. Ele sabe o que está fazendo. O Crocodilo sempre sabe o que está fazendo, sempre tem o momento firmemente em suas mãos.

Não foi assim que imaginei que esta noite transcorreria. Ela saiu do meu controle. Ou talvez tenha sido eu que perdi o controle de mim mesmo.

— Ah, olha só — ele diz e acena para a porta da frente. — Ela está aqui.

Ela? É mesmo! A garota que viemos encontrar para coletar informações sobre o paradeiro de Wendy.

Eu esqueci completamente.

É impressionante a rapidez com que o resto do mundo se torna um borrão quando sou tentado por uma fera.

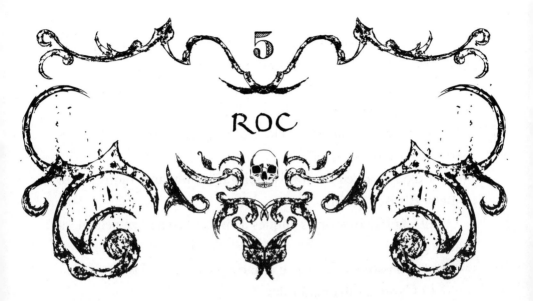

5
ROC

Palametto é uma ladra, embora não seja das melhores. Ela é procurada em todas as ilhas por vários crimes, a maioria deles furto. Só por garantia, faço questão de manter a mesa entre nós quando ela puxa uma cadeira e se senta.

Ela é curvilínea, meio baixinha, tem cabelos castanhos presos em uma longa trança e o rosto cheio de sardas. É o tipo de garota que, com o treinamento certo, seria uma excelente ladra. Não há nada nela que chame a atenção. Ela poderia se misturar a qualquer multidão.

Eu a pego observando o pingente de pedra preta em meu pescoço e estalo os dedos.

— Ei, meus olhos estão aqui em cima.

Ela me sorri com a maior inocência e se inclina sobre a mesa, curvando os ombros para a frente, oferecendo a mim e ao Capitão uma visão de seu decote.

Posso ter mentido quando disse ao Capitão que tinha transado com a amiga dela, mas não estou acima de usar meu corpo para conseguir o que quero. No entanto, não estou prestes a comer

Palametto. Não faz meu tipo. Sardenta demais. Sabe aquele ditado que sardas são a marca do diabo? Tem um fundo de verdade.

Além disso, não é o meu pau que ela quer... é dinheiro.

— Pague a garota — digo ao Capitão.

— Como é que é? — ele protesta, rabugento. — Foi por isso que você me trouxe?

Eu o ignoro e pressiono o polegar em um amendoim sobre a mesa. A casca quebra.

O Capitão tira vários duques do bolso e os desliza pela mesa para a garota.

— Só isso? — Ela torce o nariz para as moedas de prata.

O Capitão olha para mim.

— Você não tem mais daquelas...

Eu lhe dou um chute por baixo da mesa. Ele solta um suspiro dramático.

Palametto nos encara com desconfiança.

Mantenho a expressão mais natural do mundo. Não quero que a ladra saiba que tenho ouro de fada em meu bolso.

Nós nos encaramos por vários segundos, então ela diz:

— Acrescente a pedra e estamos acertados.

— Se você encostar um dedo na minha pedra — digo a ela —, eu te devoro inteirinha.

— Isso é algum tipo de insinuação sexual?

O Capitão levanta seu gancho e o coloca sobre a mesa, o metal batendo alto contra a madeira. A garota olha para o braço antes de olhar para o rosto do Capitão, fazendo uma pergunta que eu creio que ela já sabe a resposta.

— Se quiser meu conselho, mocinha, eu não o provocaria.

Minha atenção se volta para o Capitão, para a linha sombria de sua boca. Tenho de suprimir um arrepio, ouvindo-o falar assim de mim: um inimigo que não deve ser ignorado.

O Capitão é sexy demais quando está me bajulando.

Palametto raspa os dentes sobre os lábios vermelho-rubi.

— Está bem. A prata serve.

— Excelente decisão — digo com a boca cheia de amendoins. — Agora, o que pode nos contar sobre Wendy Darling?

Briar se aproxima e anota o pedido de bebida da garota. O Capitão pede uma garrafa de rum. Quando o encaro, surpreso, ele faz um bico, como se estivesse me desafiando a dizer que ele não pode.

Não vou impedi-lo. Um Capitão bêbado é muito mais divertido do que um sóbrio, por mais que eu adore lhe dizer o que pode ou não fazer.

— Minha avó costumava falar de uma garota que conheceu quando esteve na prisão — começa Palametto. — Isso foi há muito, muito tempo, sabe? Elas dividiram a mesma cela na Torre.

— Por que sua avó foi presa? — pergunto, já que os detalhes importam e porque uma vovó sanguinária é exatamente o meu tipo. A menos que tenha sardas.

— Porque matou um homem.

— Matou mesmo? — pergunto, impressionado.

— Claro. A vovó era uma Retalhadora e cortava a garganta de qualquer um que ficasse em seu caminho.

— Achava que os Retalhadores não aceitavam mulheres em seus ranques.

— Vovó não é do tipo que aceita não como resposta.

— Estou gostando cada vez mais da sua vó. Prossiga.

— Na prisão, ela e a garota ficaram juntas cerca de um mês antes da tal moça, Wendy, ser levada para execução.

Gancho arregala os olhos.

— E sob qual acusação?

A garota dá de ombros.

— Se não me engano, vovó mencionou algo sobre Peter Pan. Na Terra do Sempre, qualquer pessoa que tenha laços com Pan é automaticamente vista como um inimigo da corte.

Impossível. A linha do tempo não bate com a gravidez e o parto de Wendy.

Briar retorna. O Capitão não perde tempo para abrir a garrafa de rum e servir-se de uma dose. Seus batimentos estão erráticos. Posso ouvi-lo mesmo com toda a música e o barulho.

— E o que aconteceu depois? — o Capitão pergunta.

Pego a garrafa e tomo um golão no gargalo. James está prestes a me repreender, mas desiste quando Palametto continua. Ele está sedento por qualquer detalhe sobre Wendy, e sinto uma pontinha de inveja.

— Eles tentaram executar Wendy por enforcamento, mas ela ficou pendurada por mais de uma hora, recusando-se a morrer. Pelo que vovó contou, o Visconde na época interveio e levou Wendy consigo. Parece que ele era um tremendo babaca, que cobiçava tesouros raros. Começaram a circular rumores de que Wendy era uma *vermis* e o Visconde tentou vendê-la, mas não foi muito longe.

O Capitão pega a garrafa de volta.

— O que isso quer dizer?

Ela se inclina, como se estivesse conspirando:

— O Visconde faleceu.

Eu me inclino também.

— Alguém o matou, é isso que você quer dizer?

— Provavelmente. Parece muito conveniente, não acha?

— E quanto a Wendy? — pergunta o Capitão.

A garota encolhe os ombros.

— Desapareceu depois disso.

Ele desaba na cabine.

— Você só pode estar brincando.

— Não estou. Desculpe.

Palametto vira sua bebida de uma vez, então passa as costas da mão pela boca, limpando as últimas gotas. O Capitão pressiona o polegar e o indicador entre os olhos.

— Há algo mais que possa nos dizer? — insisto.

— Quem sabe se você e eu formos para o meu quarto e nos divertimos um pouco, eu não me lembre de mais alguma coisa? — A garota me propõe com um sorriso suplicante.

O Capitão a fulmina com o olhar.

— Por favor, queira aceitar minhas desculpas. — Estendo o braço sobre a mesa e dou um tapinha na mão dela. — Tenho planos de comer o traseiro dele hoje à noite, então terei de declinar.

O Capitão cospe de susto e gagueja, atabalhoado, e preciso de todas as minhas forças para não rir alto.

— Ele não vai! — Gancho diz à garota e então olha para mim. — Você não vai!

— Não te julgo — ela me diz, ignorando Gancho enquanto fala sobre ele. — Ele é mesmo um belo dândi.

— Ah, isso ele é mesmo.

— Eu estou bem aqui — ele resmunga.

— Se você mudar de ideia... — Palametto acrescenta.

— Tenho certeza de que posso te encontrar.

Tenho certeza de que não vou.

Ela me dá uma piscadela e então vai embora.

Puxo a garrafa de rum e tomo um gole. As fadas da Terra dos Prazeres não são conhecidas pela excelência no rum, mas esse dá para o gasto. Doce, picante e queima forte ao descer pela garganta.

— Não sei se a magia das fadas lhe subiu à cabeça — diz o Capitão, aproximando-se de mim —, mas você não vai — ele abaixa a voz — comer meu traseiro esta noite.

— Ah? Você prefere comer o meu?

James resmunga para si mesmo e rouba a garrafa de volta.

— Você é uma ameaça ambulante, sabia?

— Claro que sim. E sou muito bom nisso.

— Você se acha bom em tudo.

— Que bobagem. Sou péssimo em tricô.

Gancho está irritadíssimo.

Atendendo a pedidos da multidão crescente, a banda começa a tocar uma melodia animada da Terra Invernal. Vários fregueses formam pares e começam a dançar uma coreografia conhecida como Allemande. Ao redor, os demais batem palmas no ritmo do dedilhar do enorme contrabaixo.

O Capitão pega seu pão esquecido e arranca um pedaço.

— Pensei que você quisesse encontrar Wendy.

— E quero.

— Então por que está sentado aqui, agindo como se tudo não passasse de um jogo?

— Tudo é um jogo, Capitão. Quanto antes escolher sua peça, mais rápido poderá vencer.

Sinto um pouco da tensão se dissipando de seu corpo quando ele relaxa no banco.

— Ter conhecido aquela garota... — ele diz. — Não sinto que ficamos mais perto de encontrar Wendy.

Observo a multidão. Palametto já desapareceu. Verifico se minha pedra ainda está pendurada em meu pescoço.

— Nós tiramos algo dela. Wendy estava aqui. Eles tentaram matá-la e não conseguiram.

— Mas não pode estar certo. Wendy era mortal quando veio para as Ilhas. Não há como ela ter sobrevivido a uma hora de enforcamento.

Imagino Wendy lutando contra o nó da forca, debatendo-se no ar, e isso me deixa furioso. Fui enforcado uma vez; não terminou bem para o carrasco.

— Precisamos descobrir mais sobre a morte do tal Visconde — digo, pensando alto. — Se ele realmente levou Wendy, ela teria sido considerada sua propriedade no momento da morte. Só precisamos descobrir quem ficou com seus bens.

— Boa sorte para nós — resmunga o Capitão.

— Capitão, o pessimismo não lhe cai bem.

— Ah, vá se foder.

Eu rio e arranco a garrafa de rum dele novamente.

— Você fica tão lindo quando está com raiva.

— Cale a boca. E pare de flertar comigo. — James evita olhar diretamente para mim. Mas percebo que ele tenta disfarçar a inquietação.

Deslizo pelo banco até pressionar meu corpo contra o do Capitão. Ele se encolhe, mas eu o agarro pelo braço e o mantenho junto a mim.

Por um momento, toda a tensão sai de seu corpo e ele relaxa contra mim, sua coxa pressionando a minha. Ele é quente, macio e hostil. Tudo o que eu mais gosto.

— Isso também faz parte do jogo, besta-fera?

— Respire fundo — eu lhe digo.

— Por quê? — Ele me olha com cautela.

— Você não é bom para mim se estiver reprimido.

— Não estou.

— Está, sim.

— Não estou reprimido.

— Respire fundo.

Eu quero moldá-lo, fazê-lo se curvar a mim. Quero vê-lo tirar a máscara e se tornar outra coisa: ele mesmo.

— Vá em frente, Capitão.

A contragosto, ele inspira e expira profundamente.

— De novo.

Ele respira fundo novamente, os pulmões se expandindo.

Vejo o momento em que a magia das fadas se infiltra em sua corrente sanguínea. Vejo o momento em que a ansiedade e a apreensão o desanuviam.

— Melhor?

Ele me encara, ligeiramente deslumbrado.

— Isso é perigoso — ele diz, arrastado.

— Por quê?

— Porque eu... — Ele fecha os olhos, engole em seco.

— Porque você o quê?

— Porque não estou com medo agora. — Seus olhos se abrem e focam em mim. — Eu deveria ter medo de você. Deveria ficar em alerta quando você está por perto.

— Eu não vou te machucar, Capitão — prometo. — Não tenho prazer com sua dor.

— Mas já teve. — Ele revira o gancho em seu colo.

— É verdade. Mas foi há muito tempo.

— O que mudou?

Tudo, eu penso.

— Agora tenho prazer em te ver se contorcendo.

— É só um tipo diferente de tortura. — Sua voz é um resmungo de aborrecimento, mas percebo a protuberância crescendo entre suas pernas.

— Por que não cede a mim? — eu lhe pergunto. — E deixe-me pagar pelo que lhe fiz tantos anos atrás.

James inspira profundamente outra vez, agora por vontade própria, e fica de olhos fechados por um batimento cardíaco, dois, três. Posso ouvir o sangue bombeando em suas veias, a tentação batendo no fundo de sua língua.

Quando abre os olhos novamente, ele me encara sem reservas, observando minha boca, os dentes de crocodilo tatuados em meu pescoço.

Não sei se desejo redenção, mas, do jeito que ele está olhando para mim, como se estivesse apavorado com a possibilidade de eu ser uma mentira, um crocodilo escondido sob a lama, com os dentes prontos para atacar, começo a me questionar.

Eu não sou um homem decente, mas creio que até mesmo uma fera como eu tem permissão de ter uma atitude decente.

Rio, solto seu braço e deslizo para longe.

— Você está bêbado — eu lhe digo. — E estou com fome. Se isso é um jogo, já estou cansado. Por que não saímos daqui e encontramos comida decente e um rum que preste?

Gancho expira.

Há uma sensação estranha na minha garganta, um aperto que se espalha como uma teia de aranha em meu peito. Estou preso nisso e não consigo me libertar.

— Muito bem — ele anuncia, pegando a garrafa de rum pelo gargalo. — Conheço um lugar melhor que este. Siga-me, besta-fera.

Deslizo para fora da cabine e sigo o Capitão porta afora.

6
GANCHO

Assim que sinto o sopro do ar fresco e frio da noite, o suor acumulado na parte de trás do meu pescoço resfria e tenho de me preparar para esconder o arrepio que ameaça sacudir todo o meu corpo.

Estou fugindo do Crocodilo. De novo. Mas, desta vez, ele está me seguindo de perto, e eu quero que ele me persiga. Quero que me pegue.

Puta merda.

Roc vem ao meu lado, com um cigarro preso entre os lábios. Ele se curva, uma mão em concha ao redor da ponta do cigarro enquanto a outra acende o isqueiro.

O tabaco estala. Quando o cigarro está queimando, Roc fecha o isqueiro na coxa. O estalo ecoa pela noite.

Ele me olha enquanto dá uma longa tragada, girando o dedo ao redor da ponta presa na boca.

Eu lhe disse que conhecia um lugar melhor para comer, mas era só uma desculpa para sair correndo. Agora ele está me encarando com expectativa.

Não consigo respirar.

— Para que lado? — ele pergunta, expelindo uma baforada de fumaça.

Começo a andar para a frente, sem direção.

Roc está dois passos atrás, mas a fumaça do seu cigarro me envolve como um fantasma debochado.

Viro em uma rua. Ele me segue.

A rua se estreita e o barulho da taverna desaparecem atrás de nós.

— Tem certeza de que sabe para onde está indo?

— Claro que sei.

Eu não sei.

Caralho, eu não sei. Deve ter alguma coisa logo ali na próxima esquina, com certeza.

Mas a rua só fica mais escura, mais suja.

O único som é dos ratos passando e das botas do Crocodilo raspando na pedra.

— Capitão — ele começa, mas eu o interrompo, olhando para trás.

— Sei para onde estou indo!

A brasa brilhante do seu cigarro o deixa envolto em sombras sinistras. Ele enche os pulmões com fumaça, mas não está olhando para mim; está olhando para além de mim.

— Eu me abaixaria — ele diz, segurando a fumaça nos pulmões.

— O quê?

Ele expira.

— Abaixe-se, Capitão.

À minha frente, ouço o som de algo duro cortando o ar.

Eu me viro bem a tempo de ver um porrete de madeira voando na direção de meu rosto.

O golpe envia ondas de choque por meu crânio, meu pescoço, até meus pés. Todos os meus ossos vibram com o impacto.

O mundo gira, e sinto o gosto de sangue na minha boca.

Sangue. Meu sangue. Estou sangrando.

O pânico é imediato.

Tento me agarrar a alguma coisa, qualquer coisa, e, quando minha visão se realinha, percebo que estou no paralelepípedo.

Levanto-me.

De quatro.

A rua balança e eu fecho os olhos com força, cuspindo sangue na pedra.

Não olhe. Não posso olhar.

Apoiando-me na parede de tijolos do prédio mais próximo, eu me levanto lentamente. À minha direita, Roc está cercado por três homens. Dois estão brandindo porretes de madeira, o terceiro tem uma lâmina aberta, o aço refletindo intensamente um raio de luar como um sorriso maligno.

Os homens o cercam e ele fica no meio, fumando seu cigarro tranquilamente.

Será que nada o incomoda?

— Esvazie os bolsos.

A voz rouca chama minha atenção. Vejo o homem que me atacou parado à minha esquerda, com o porrete sobre o ombro.

Meus ouvidos estão zumbindo; minha cabeça, latejando.

— O quê? — eu resmungo.

— Esvazie. Os. Bolsos. Hã!

— Capitão?

Não tiro os olhos do homem com o porrete, embora esteja vendo dois dele e com dificuldade de distinguir qual é o real.

— Sim?

— Tem certeza de que consegue se virar? — pergunta o Crocodilo.

— Não preciso da sua ajuda — respondo, um pouco ofendido por ele achar que preciso.

— Ótimo.

— Você acha que pode com a gente, não é? — diz o cara da lâmina.

O Crocodilo ri. Sua risada ricocheteia nas paredes.

— Na verdade, nosso encontro foi fortuito.

— Ah, é? Como assim?

— Porque estou com fome. — O Crocodilo avança e agarra a cabeça calva do bandido mais próximo, torcendo-a entre as mãos.

O som do seu pescoço quebrando ecoa pela rua e deixa os demais em alerta.

Meu agressor ataca novamente, mas, desta vez, eu me abaixo. O movimento me desequilibra e acerto de novo a parede, o porrete atingindo uma pedra a poucos centímetros de mim.

Saio correndo, mas o tremular de meu casaco revela a pistola em meu coldre lateral.

O homem não fica nada contente quando a vê e avança para cima de mim, agarrando meu casaco. Batemos contra a parede oposta, e a dor irradia em minha caixa torácica.

Tento pegar a pistola, mas o homem me dá um soco seguido de um forte golpe de cotovelo nas costelas, deixando-me sem ar. Eu tusso. Cuspo. Estou ofegante.

Atrás do homem, vejo um cigarro aceso e então Roc levantando o braço, com minha garrafa de rum nas mãos.

Arregalo os olhos. O homem percebe a mudança na minha expressão um segundo tarde demais.

Roc abaixa a garrafa de bebida e a esmaga contra a cabeça do homem. O vidro se estilhaça, espirrando rum por todo lado.

O sujeito desmaia e seu porrete cai no chão de pedra com um estrondo alto.

Roc o agarra antes que ele caia, puxa a cabeça para trás, expondo o pescoço, e então afunda seus dentes na garganta carnuda.

O ar finalmente percorre minha garganta.

Roc bebe. E bebe. E bebe.

Em questão de segundos, o homem está desossado e morto, e o Crocodilo o joga fora sem cerimônia, o corpo desabando dobrado sobre si mesmo, como uma boneca esquecida.

O Crocodilo solta um suspiro satisfeito antes de olhar para mim.

— Achei que você tivesse dito que sabia se virar?

Encostado na parede, endireito a lapela de meu casaco.

— Eu tinha tudo sob controle.

— Era o que parecia. — Ele me sorri, então arrasta a língua pelo resto de sangue em sua boca molhada. — Levou uma facada?

— O quê?

Ele aponta para minha barriga. Olho para baixo e vejo minha camisa lentamente sendo consumida pelo sangue escuro.

— Merda!

O mundo gira novamente. Meu coração acelera e martela contra minhas costelas enquanto meu estômago revira.

Afundo contra a parede, ofegante pela segunda vez em poucos minutos.

— Eu esqueci — Roc diz e se aproxima, amparando-me antes que eu caia. — Você não suporta a visão do próprio sangue.

— Eu... não consigo respirar... — Estou vendo estrelas.

— Capitão — ele me chama. Agarro meu pescoço. Tudo dói. Tudo está no limite dentro de mim, prestes a estourar. — Capitão.

Eu vou morrer. Vou morrer de pânico, morrer dos meus próprios pecados.

Claro que eu sangraria o sangue mais escuro.

Entre todas as noites e entre todas as coisas...

O Crocodilo arranca o casaco e o joga sobre uma pilha de caixotes. Então rasga a camisa, transformando-a em tiras.

— Braços para cima — ele me ordena, mas eu mal consigo ouvi-lo por causa das batidas frenéticas do meu coração. Ele amarra as tiras de tecido ao redor do meu ferimento enquanto eu tento desesperadamente puxar o ar. — Está melhor? — ele me pergunta.

Balanço a cabeça, negando, ruborizando, com os olhos esbugalhados.

— Eu... não consigo...

Com um grunhido impaciente, o Crocodilo me puxa para junto de si e, de repente, sua boca está na minha.

Ele está faminto e é insistente, e eu abro minha boca sem pensar. Ele sopra vida para dentro de mim, enche meus pulmões, e o mundo para de balançar.

A dor desaparece, o pânico também.

Eu já morri?

Quando ele se afasta, estou desconcertado. Há manchas de sangue em seu rosto, e eu sinto o gosto desse sangue na ponta da minha língua.

Mas não é o meu sangue, então não importa.

— Melhor agora? — pergunta o Crocodilo.

— Você me beijou — balbucio como um idiota bêbado.

Ele sorri.

— Foi uma distração calculada.

Funcionou.

Exceto pela voz do meu pai martelando em minha cabeça.

Lamentável, garoto. Fraternizando com o inimigo.

Passei a noite ao lado de uma fera, atraído por sua boca.

Mas se ceder a ele fosse tão ruim, por que estou vibrando? Por que finalmente me sinto vivo?

Sou um homem teimoso que foi empurrado para uma sala vazia. Vazia, exceto por uma mesa, sobre a qual há um pequeno botão vermelho que diz NÃO APERTE.

Naquela sala, a tentação respira o mesmo ar que eu, anda no mesmo assoalho que eu. Para a frente e para trás, sempre comigo, sussurrando em meu ouvido.

Aperte o botão.

Aperte o botão.

Eu sou o homem teimoso, e o Crocodilo é o botão.

E, oh, como eu desejo apertá-lo.

Ele limpa o sangue do rosto com a parte de trás da manga da camisa.

— É melhor irmos antes que a Guarda Noturna...

Eu fecho a distância entre nós, agarro-o e beijo-o.

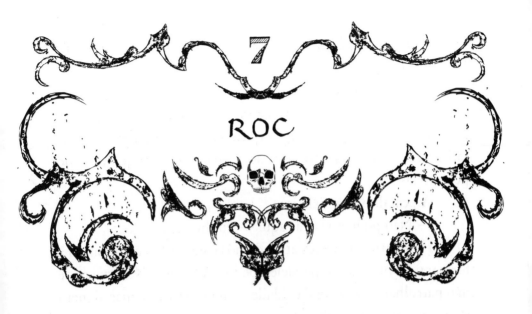

7
ROC

PELA PRIMEIRA VEZ, EU QUE SOU PEGO DE SURPRESA.

Não costumo me surpreender.

Não costumo me deliciar em ser surpreendido.

É como abrir um presente destinado a outra pessoa e encontrar exatamente aquilo que você queria o tempo todo.

Agora é meu e não vou devolver.

Envolvo minha mão na nuca do Capitão, assumindo o controle, e o giro, pressionando-o contra uma alcova onde a tinta descasca de uma porta sem identificação. A madeira velha range.

O Capitão solta um suspiro assustado e eu engulo o som.

Ele geme um segundo depois, sua língua encontrando a minha. Ainda posso sentir o gosto da doçura do rum.

Ele fica duro em um instante, seu pau cavando a curva da minha coxa.

O presente é meu. E estou pronto para rasgar o embrulho.

— Capitão — digo quando ele aperta meu bíceps como se também quisesse me rasgar —, se eu soubesse que matar homens por você o deixaria com tanto tesão, eu teria massacrado uma vila há muito tempo.

— Cale a boca.

Eu rio em seus lábios e o agarro rudemente entre as pernas.

Ele interrompe o beijo, arqueando-se contra a porta, tentando desvencilhar-se, arquejando de pânico agora que o tenho pelas bolas.

Ai, caralho, que delícia.

— Não podemos ficar aqui — eu lhe digo.

Há quatro cadáveres atrás de nós e eles estão começando a formar uma meleca nos paralelepípedos. A Guarda Noturna pode não patrulhar esta parte da cidade com entusiasmo, mas alguém vai passar por aqui mais cedo ou mais tarde.

O Capitão concorda.

— Vamos voltar para o meu quarto.

Eu lambo meus lábios. Os olhos de James se iluminam, seguindo o arrastar da minha língua molhada.

— Diga-me, Capitão, você está sóbrio? Sabe o que está pedindo? Porque, depois que experimentar, não terá como voltar atrás.

— Está insinuando que você é uma droga?

Sorrio mostrando todos os meus dentes afiados.

— Estou insinuando que, uma vez que você me tiver, não será mais o mesmo depois.

— Você é um idiota arrogante — ele diz, exasperado.

Eu aperto suas bolas com mais força e ele sibila, mas há uma resposta inconfundível em seu pau. Então quer dizer que o Capitão gosta de dor tanto quanto gosta de prazer?

Ou talvez ele goste de ser testado. E controlado.

— Responda a porra da pergunta.

— Sim — ele diz rapidamente, bravo, como se tivesse o momento em mãos. Ele não tem. Ele nunca terá o controle comigo.

— Estou sóbrio — ele garante. — Sei o que estou fazendo.

Mas será que sabe?

Ninguém sabe o que está recebendo quando sobe na minha cama.

— Quando foi a última vez que você levou um pau nessa bunda?

— Por que isso importa? — ele zomba.

— Você sabe o porquê.

Sua expressão é suavizada pelo constrangimento.

— Já faz um tempo — ele admite.

Como eu pensava.

— Vou pegar leve contigo então. — Solto suas bolas e ele suspira de alívio. — Você estará ofegando meu nome até o fim da noite.

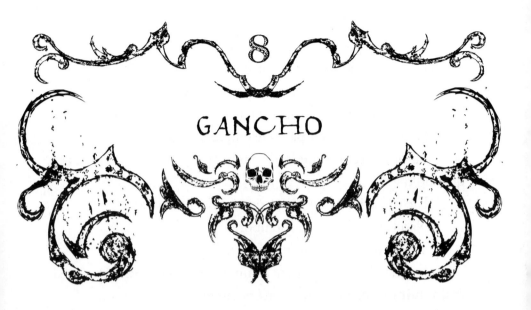

8
GANCHO

MALDIÇÃO, O QUE ESTOU FAZENDO? A voz do Comandante Gancho está tentando desesperadamente me alcançar.

Lamentável.

Lamentável.

Estou sóbrio? Estou pensando direito?

Sinto-me sóbrio. Mais do que nunca, mas só posso estar perdendo a cabeça para ficar correndo atrás do Crocodilo e sua nuvem de fumaça como um cachorrinho perdido.

Ele caminha alguns passos à minha frente com os ombros perfeitamente alinhados. A luz dos postes cria um halo em torno de sua silhueta escura, e, embora ele esteja bem na minha frente, os detalhes de seu corpo encobertos pela sombra, não consigo deixar de desejar suas linhas nítidas. Cada osso saliente, cada curva de músculo, cada vale marcado entre seus abdominais.

Quero tocá-lo. Desesperadamente. Perdi completamente o juízo.

E agora estou tão duro que até dói andar.

Ao passar por uma sombra, enfio a mão na calça para ajustar minha rola, enfiando-a para dentro do couro grosso do meu cinto.

Quando avisto o telhado de A Suíte Real ao longe, meu coração dispara e acelero o passo, acompanhando o passo do Crocodilo.

Não consigo olhar para ele enquanto andamos.

Se olhar, tenho medo do que verei e do que posso fazer quando o vir.

Ele me avisou que não teria como voltar atrás.

Não tenho medo de ir embora.

Tenho medo do arrependimento se eu for.

Eu me perguntaria para sempre como seria enfrentar meu maior inimigo e, então, ter prazer com ele.

Ora, a quem diabos estou enganando?

Eu só quero trepar com ele.

Só isso.

Um homem não pode buscar prazer onde lhe é dado livremente?

Quando adentramos o pátio da pousada, tiro as chaves do bolso, o metal tilintando na calada da noite.

O Crocodilo não diz nada, mas quebra um amendoim pescado de suas calças e o joga na boca enquanto eu me atrapalho com a fechadura.

Sinto um frio na barriga, a adrenalina correndo por minhas veias.

Destranco o ferrolho. A única lamparina acesa é a que pende do gancho junto à porta. Há luz suficiente para enxergar, e eu jogo as chaves na mesa, então pego a garrafa de rum.

Sirvo. Bebo. Estremeço com a queimação.

O Crocodilo fecha a porta com a sola de sua bota.

Ele não está mais comendo seus amendoins, não está mais fumando seus cigarros.

Ele está me encarando com uma intensidade que poderia me escaldar.

Engulo em seco.

— Você está comandando este navio, Capitão — ele diz, provocativo. — Diga onde você me quer.

Está me dando o controle?

Não, é só parte do jogo.

Eu lambo meus lábios, sirvo outra bebida, viro de uma vez.

Quando o álcool esquenta o frio subindo pela minha espinha, digo:

— Eu quero foder essa sua cara arrogante.

Ele sorri, mostrando todos os dentes afiados, e então abre os braços, ajoelhando-se lentamente no tapete de retalhos ao lado da cama.

A torneira pinga atrás de mim e, do lado de fora do quarto, uma brisa sacode os galhos de um velho carvalho.

O que vou fazer com o Crocodilo, agora que o tenho?

Talvez eu não saiba no que estou me metendo.

Talvez eu tenha dado um passo maior que a perna.

— E então? — ele me incita.

Nós dois sabemos que esta é uma resposta direta à sua provocação anterior sobre boquetes.

... um homem nunca está mais vulnerável do que quando seu pau está na boca de alguém.

Este é meu jeito de dizer que não estou com medo.

Por mais que meu coração esteja disparado. Por mais que eu não saiba por onde começar, onde terminar e se vou me perder no meio do caminho.

Deixo o copo vazio e atravesso o quarto para ir até ele.

Minha respiração está presa na garganta como um vendaval preso em um beco, apenas circulando inútil e repetidamente.

Roc olha para cima, para mim, e, embora esteja de joelhos, em uma posição de submissão, nenhum de nós é tolo o bastante para acreditar que ele está se submetendo a mim.

O Crocodilo só está brincando para ver até onde eu vou.

Respirando fundo pelo nariz, abro o zíper da minha calça e, em seguida, desfaço o botão. Já estou avolumado na minha cueca, e o Crocodilo não deixa de notar.

— Mostre-me — ele exige. — Mostre-me o pau que Wendy Darling escolheu em vez do meu.

Percebo a ponta de ciúme, mas não hesito.

Deslizo a mão pelo cós, fechando os dedos ao redor da minha pica, e não consigo conter um pequeno suspiro gutural de urgência.

O Crocodilo sorri.

Meu coração pula no peito.

Quando eu me exponho à luz bruxuleante da lamparina, o Crocodilo arrasta a ponta da língua sobre os dentes.

Não tem como voltar atrás.

Eu não vou demonstrar medo.

Esta é a minha vingança, não a dele.

Eu me acaricio, e meu pau incha no meu punho.

As narinas do Crocodilo dilatam quando estou totalmente ingurgitado, quando a cabeça do meu pau brilha com pré-sêmen.

— Venha aqui, porra — ele exige e fecha o último passo entre nós, puxando-me para si pelos quadris.

De repente, estou dentro dele, envolvido no calor úmido e quente de sua boca.

— Puta... merda — eu suspiro, toda a excitação, prazer e euforia fervendo em minhas veias, prontos para estourar.

Ele me controla pelos quadris, segurando-me com firmeza, pungente, enquanto sua boca desliza sobre mim, a língua girando em volta do meu pau.

Jogo a cabeça para trás, fecho os olhos com força.

Porra.

Porra.

Não consigo pensar direito.

Porra, como ele é bom.

Ele aumenta o ritmo, chupando mais forte. Estou ofegante agora e não consigo esconder o desejo, a necessidade desesperada por mais e mais dele. Não consigo esconder nada do Crocodilo quando meu pau está em sua boca.

Mergulho os dedos nas ondas grossas de seu cabelo escuro, assumindo o controle. Eu meto fundo, cerrando os dentes, mas ele não engasga comigo. É claro que o Crocodilo ficaria imperturbável levando rola na cara. Ele sabe exatamente como se posicionar para engolir cada polegada de mim.

Não consigo parar. Não quero parar. É como se ele estivesse me adorando. Eu. Entre todas as pessoas. Caralho, eu me sinto o rei do mundo.

E, quando ele pega minhas bolas na mão, aperta o suficiente para ser apenas levemente doloroso, mas a pressão me faz ver estrelas.

Vou gozar na boca dele. Meu inimigo mortal. E ele vai aceitar, porque eu não vou lhe dar outra opção.

Solto um gemido e cometo o erro de olhar para ele, e é isso, a visão dele, um dos homens mais perigosos das Sete Ilhas, de joelhos por mim, que me desfaz. A ânsia que tenho para encher sua boca, a disposição que ele tem para me chupar.

O orgasmo vem de súbito, o calor do prazer combinado ao calor apertado de sua boca enquanto eu o encho de esperma.

Um tremor percorre meu corpo inteiro e empurro meus quadris para a frente, enterrando-me no fundo de sua garganta.

O Crocodilo não reclama. Na verdade, seus olhos estão brilhantes e perscrutadores, como se isso fosse a coisa mais divertida que ele já experimentou.

Tento me afastar, mas ele me prende no lugar por mais um segundo, bebendo até a última gota, sua língua macia girando sobre a fenda na cabeça do meu pau.

Um gemido afiado sai de mim.

Quando finalmente tropeço para trás, meu pau pegajoso de esperma e saliva, ele sorri, com os lábios brilhando enquanto se coloca de pé. Há uma gota de esperma no canto de sua boca e, usando a ponta do polegar, ele a limpa e a chupa, como se fosse a coisa mais deliciosa que já provou.

Eu queria ter um beiral de navio para me segurar, porque sinto que estou prestes a cair pela borda.

Em vez disso, recuo até encontrar a parede.

A dor canta em meu estômago, afastando o êxtase.

— Capitão — ele diz.

Pisco várias vezes.

— O quê?

— Você está sangrando de novo.

Olho para baixo e vejo sangue fresco escorrendo pela atadura improvisada.

— Puta merda — expiro e então o quarto vira, e eu finalmente transbordo.

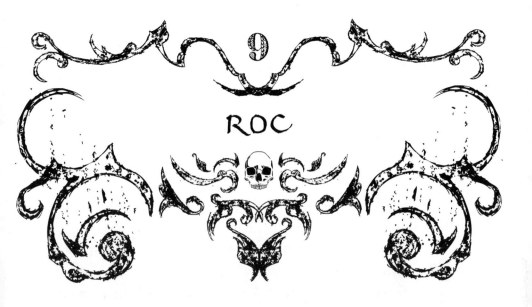

9
ROC

Amparo o Capitão antes que ele caia no chão. Ele é um peso morto em meus braços, e eu ajusto minha postura para nos manter de pé.

— Que tal um aviso da próxima vez? — eu lhe digo, levantando-o em meus braços. Ele é mais leve do que eu esperava. Mais osso do que músculo.

Eu poderia quebrá-lo facilmente, sem pensar.

Atravesso o quarto e o coloco na cama; as velhas molas rangem sob o peso. Eu o ajeito para dar uma conferida nos ferimentos, tiro sua camisa, depois a atadura. O corte está sangrando novamente, mas não é vermelho. Agora, na luz, percebo que seu sangue é preto.

Bem, isso acabou de ficar interessante.

Tento me lembrar de quando cortei sua mão. Ele sangrou vermelho na ocasião? A iluminação estava fraca, era um momento cheio de caos, triunfo e alegria. Eu não prestei atenção.

Examino o rosto do Capitão em busca de qualquer sinal de vida, mas ele ainda está inconsciente.

Enfio a mão no bolso e pego um amendoim, esmagando a casca enquanto penso distraidamente sobre os segredos que ele pode estar escondendo.

Não é possível que seja coincidência o fato de ele sangrar preto e ficar aterrorizado com a visão do próprio sangue.

— Não se mexa — digo ao seu corpo inconsciente e vou até a taverna.

É bem tarde e o lugar está quase vazio. Encontro a estalajadeira limpando as mesas.

— Estamos fechados — ela avisa antes de olhar para a porta. — Ah. É você.

— Sou eu. — Vou atrás do balcão e me sirvo de uma taça de vinho de fada. A doçura floresce na minha língua, misturando-se bem com o salgado do esperma do Capitão. — Preciso de uma agulha, linha e algumas tiras de pano, se você tiver — digo a Mills.

A mulher me observa, mantendo uma distância cautelosa que só alguém familiarizado com a minha espécie manteria.

— Se você tiver alguma roupa que precise de conserto, pode deixar as peças comigo e...

— Não é esse tipo de conserto.

Ela se endireita, o pano molhado pendurado em suas mãos.

— Entendi. Seu amigo? O Capitão?

Confirmo, o desespero crescente me deixando irritado.

— Eu não tenho a noite toda.

— Claro. Desculpe Ja...

Eu a interrompo.

— Ninguém me conhece por esse nome aqui. Nunca mais o repita.

O rubor atinge suas bochechas e se espalha por seu pescoço, acumulando-se em seu decote.

— Não... não foi minha intenção...

— Vá buscar o que pedi, Mills, antes que eu perca a paciência.

Ela joga o pano em um balde próximo, espirrando água pela borda, e sai correndo por uma porta de vaivém aos fundos.

Acendo um cigarro, inalo profundamente, a fumaça enchendo meus pulmões.

Ouço o barulho de suas mãos vasculhando gavetas lá atrás. Ando pelo bar, o cigarro preso entre meus dedos.

Minha cabeça está começando a doer, mas não sei por quê.

Eu não tenho ressaca. Não tenho dores de cabeça.

Mills retorna com uma pequena lata de linha, várias agulhas de tamanhos diferentes, uma bola de tiras irregulares de pano e um pote de vidro com pomada vermelha.

— Passe a pomada depois de costurá-lo.

— Magia ou natureza? — eu lhe pergunto.

— Magia.

— De que tipo?

Ela indica o coração costurado sobre seu peito. A Casta do Naipe Vermelho. Isso mostra o quão distraído eu estava por não ter percebido antes.

O que levanta a questão: o que ela está fazendo tão longe de casa?

Não é problema meu. Não é da minha conta.

— Obrigada — ela responde quando entrego uma das minhas barras de ouro fae. Mills fica chocada, mas aceita.

— Não nos perturbe — aviso.

Ela me dá um rápido aceno de cabeça antes que eu desapareça pela porta dos fundos.

Quando volto para o quarto, o Capitão ainda está inconsciente.

Termino o cigarro e jogo a bituca em um copo de rum ali perto. A ponta acesa chia e escurece.

Disponho na mesa os itens que Mills me providenciou e encontro uma agulha do tamanho certo. Não sou inexperiente em dar pontos em feridas. Vane e eu costurávamos um ao outro com mais frequência do que gostaria de admitir. Sendo o que somos, nós nos curamos rapidamente, mas fechar a ferida diminuía o tempo de cura pela metade e sempre tínhamos pouco tempo no Umbrage, lá na Terra Soturna.

Tique-taque. Tique-taque.

Parece que agora já faz tanto tempo desde quando meu irmão e eu governávamos o lado sombrio da cidade. Às vezes penso em voltar só para ver o quanto mudou.

Pensar nisso faz minha atenção rumar para a pedra pendurada em meu pescoço. Um presente do meu irmãozinho que ainda pulsa com calor. A Sombra da Morte da Terra Soturna. Não há presente que tenha mais valor ou mais poder do que este.

Se eu voltasse para minha ilha natal, poderia governá-la caso assumisse o poder da sombra. E, ainda assim, aqui estou, em uma ilha que não é a minha, com um homem que me odeia tanto quanto me deseja, procurando uma mulher que me rejeitou. E para quê? Para provar o quê? Para quem?

Puxo a cadeira para a cabeceira da cama e coloco a lata na mesa, com a agulha e a linha dentro.

Dou um tapa no rosto do Capitão, o que o faz despertar sobressaltado.

— Não olhe para baixo — aviso.

Ele quase olha, até que se lembra, até que vê a seriedade em meu rosto.

O DEVORADOR DE HOMENS

— Vou te costurar. — Acendo meu isqueiro e seguro a agulha sobre a chama. — Você vai ficar quietinho e me deixar fazer isso. Sim, Capitão?

Ele lambe os lábios e cai de volta nos travesseiros. Está pálido e suado.

— Sim — ele diz, com a voz rouca e arrastada.

Primeiro limpo o ferimento com um pano limpo e um pouco de rum, e o Capitão sibila com o ardor.

O pano sai preto. Eu o jogo no chão, fora de vista.

Preparo a agulha, passando a linha pelo buraco e amarrando a ponta em um pequenino nó perfeito.

— Por que odeia ver seu próprio sangue? — pergunto, pinçando seu ferimento entre o polegar e o indicador, o que o faz estremecer.

— É uma longa história.

— Então resuma.

Perfuro sua carne e James range os dentes, fechando as mãos nos lençóis.

— Meu pai — ele diz em uma lufada de ar quando a agulha perfura sua carne. — Ele me pegou... — James engole em seco e respira fundo. — Ele me pegou com um servo e disse que eu era uma vergonha, que era uma mancha no nome Gancho por fornicar com a criadagem.

Passo a agulha de volta e ele para, inspira, prendendo o fôlego até eu fechar outro ponto.

— Depois, ele me levou até uma mulher. Nós a chamávamos de Bruxa do Bosque. Ela conhecia magia e a praticava em uma época em que a maioria das pessoas não conseguia cultivar ervas sem ser enforcada por isso. Mas o Comandante William H. Gancho não tinha problemas em recorrer à magia se fosse para lhe resolver um problema.

75

O Capitão relaxa quando outro ponto é concluído. Faço uma pausa para lhe dar um tempo.

— Ele pediu à bruxa que me mostrasse meus pecados. Não me lembro muito bem do que aconteceu depois disso. Ela me cortou, então me deu um chá com um gosto horrível, e eu me lembro de acordar em casa, em minha cama. Pensei que tudo não tivesse passado de um sonho e esqueci por algum tempo. Até que desapontei meu pai novamente, e ele fez um corte no meu rosto e me mostrou meu reflexo.

James fecha os olhos, a tensão pressionando as linhas finas.

— Eu estava sangrando preto. Pensei que fosse a peste. — Ele ri do ridículo. — E meu pai disse: "Seus pecados sempre deixarão uma mancha, garoto. Será que não consegue fazer nada direito? *Lamentável. Lamentável, realmente*".

Quando seus olhos ficam vidrados com a lembrança, passo a agulha novamente e Gancho prague ja, recuando.

— Então você sangra preto quando faz algo errado. É isso?

Ele inspira e expira longamente pelo nariz.

— É isso, sim.

— Já experimentou se cortar quando fez algo bom? — Termino o último ponto e o amarro, cortando a linha com o dente. — Seria interessante, não seria? Ver de que cor você sangraria.

Seus olhos encontram os meus. James não me diz nada, mas eu ouço tudo.

Ele nunca fez algo que considerasse bom. Nunca fez nada que acreditasse que seu pai aprovaria.

Nós dois temos isso em comum.

Meu pai ficou decepcionado comigo no momento em que nasci. Ainda carrego essa lembrança em meu verdadeiro nome.

Coloco a agulha de lado, destampo o frasco de vidro da pomada carmesim.

Tem um cheiro adocicado de canela e anis, mas acho que é só uma ilusão. Pomadas mágicas geralmente cheiram a pântanos sulfúricos.

Mills é claramente mais poderosa do que eu imaginava.

Mergulhando meus dedos lá dentro, retiro uma porção generosa e espalho pela ferida. O Capitão rosna novamente:

— O que é isso?

— Vai ajudar a evitar infecção. — Quando a ferida está suficientemente besuntada, balanço meus dedos para ele. — Levante-se.

Com um suspiro pesado, James coloca as pernas para o lado da cama e se senta, movendo-se lentamente, evitando olhar para a ferida. Já parou de sangrar, mas talvez esteja sendo cauteloso.

Pego uma tira do pano limpo e enrolo em volta de seu torso, cobrindo a ferida. Estamos a centímetros de distância, então é fácil ouvir a mudança em sua respiração, a maneira como o ar fica preso em sua garganta. Acabei de chupá-lo, mas ele ainda está apreensivo perto de mim. Como se meus dentes perto de seu pescoço fossem mais perigosos do que meus dentes arranhando seu pau.

Assim que o curativo está devidamente finalizado, ordeno que ele volte a se deitar, e James faz uma careta de dor enquanto se ajeita no colchão, tentando colocar o travesseiro entre si e a cabeceira da cama. Ajudo só para acabar com a miséria dele e a minha.

— Nada de movimentos bruscos — aviso. — Ou corre o risco de estourar os pontos.

— Eu sei — ele grunhe.

Sirvo-lhe um copo de rum. Ele aceita alegremente e vira de uma vez.

Ele segura o copo vazio na mão, equilibrando-o entre as coxas, por cima da colcha fina.

A dúvida se insinua em sua expressão como a sombra do crepúsculo se estendendo com o cair da noite.

James está se perguntando se o que fizemos o mudou de alguma forma, assim como eu havia prometido.

Não costumo ficar sem palavras, mas não tenho nenhuma para lhe oferecer agora, pelo menos nenhuma que seja reconfortante.

Eu devoro. Não mimo.

— E agora? — ele ousa me perguntar.

Eu desabo na cadeira ao lado da mesa.

— Agora você descansa.

— Mas Wendy...

— Ela está aqui há muito tempo. Mais algumas horas não farão diferença.

Ele relaxa um pouco, e seus ombros afundam no travesseiro.

— Você já pensou no que vai dizer a ela quando a vir pela primeira vez?

— Para ser honesto, não — admito. — Você pensou?

Ele faz um gesto de confirmação para si mesmo.

— *Me desculpe.*

Eu me inclino na cadeira e cruzo as pernas.

— Se ela ainda for parecida com a garota que conhecemos, vai usar seu pedido de desculpas como um curinga, tirando-o da manga quando mais precisar.

Wendy Darling nunca foi tão inocente quanto fingia ser. Era o que eu mais gostava nela.

O Capitão coloca o copo vazio na mesa de cabeceira.

— E se ela mandar a gente ir se foder?

Sei que ele quis fazer uma piada, mas até eu, o Devorador de Homens, conheço o tom grave da preocupação.

— Se ela mandar? Tenho certeza de que nos divertiríamos atendendo a tal ordem.

Suas narinas se dilatam, imaginando tudo o que poderíamos fazer, mas então se lembra de si mesmo, de quem somos e me pergunta:

— O que estamos fazendo, Roc?

É a primeira vez que o ouço me chamar pelo meu nome. Ou pelo menos o nome que ele conhece.

— O que quer dizer? — pergunto, porque não há nada que eu goste mais do que deixar um homem desconfortável.

Ele me lança um olhar fulminante.

— Não se faça de difícil.

— Você prefere que eu seja fácil?

Ele revira os olhos. Eu suspiro.

— O que estamos fazendo, Capitão? — repito. — Estamos nos divertindo. Nada mais. Nada menos.

Quando vejo o indício de mágoa em seu rosto, quase retiro o que disse. Mas não posso me dar ao luxo de ter capitães piratas se apaixonando por mim, posso?

Especialmente um tão bonito quanto o Capitão Gancho.

Ele é como um doce delicado da Terra dos Prazeres, feito para ser desejado, feito para tornar um homem glutão, querendo mais e mais e mais. Assim como o vinho das fadas, muito raramente dá para parar com apenas um cálice.

Ele é elegante e refinado como uma massa folhada. Tentador e marcante como uma torta de limão.

Se eu não tomar cuidado, posso acabar desejando o gosto do Capitão no fundo da minha língua.

Querendo mais e mais e mais.

Eu me levanto. O Capitão segue meus movimentos, e a preocupação que ouvi antes agora está refletida em seus olhos e no cenho franzido.

— Aonde você vai?

— Dar uma volta — respondo e tiro meu relógio de bolso, verificando as horas. — Preciso comer alguma coisa.

Suas bochechas ruborizam e o conflito está presente em seu olhar. Se há palavras que ele quer dizer, escolhe não as dizer.

Ainda faltam algumas horas para eu precisar de sangue e evitar que a besta tome conta, mas, se ficar aqui por mais tempo, posso acabar cravando meus dentes no Capitão.

E não queremos isso.

Não seria bom para nenhum de nós.

— Tente não se meter em encrencas — ele me diz.

Abro um sorriso largo para ele:

— Ah, Capitão, mas é nisso que eu sou bom.

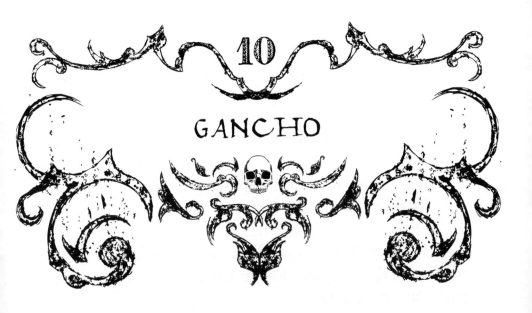

10
GANCHO

O SILÊNCIO FLORESCE NA AUSÊNCIA DO CROCODILO. Só há o som da minha respiração irregular e da torneira pingando.

Ajeito-me no travesseiro, fecho os olhos e tento divagar, mas consigo sentir o cheiro dele em todos os lugares.

No ar. Na cama. Na minha pele.

Não consigo parar de repetir a cena na minha cabeça.

O Crocodilo de joelhos. Meu pau em sua boca.

Não é preciso mais que isso para ficar dolorosa e obscenamente duro como uma rocha.

Puta merda.

Com cuidado, passo as pernas para o lado da cama e me levanto, tentando manter o tronco ereto para não rasgar os pontos.

Uma vez de pé, arrasto-me até a mesa, com o cotovelo bem junto ao corpo, procurando manter a estabilidade.

Por favor, não comece a sangrar de novo.

É exatamente do que eu *não* preciso, o Crocodilo retornando e me encontrando esparramado no chão após desmaiar novamente ao ver meu próprio sangue.

Que vergonha.

Sirvo uma bebida e viro de uma vez, mas não faz nem cócegas nos meus nervos desgastados e irrequietos, muito menos aplaca a sensação de desconforto nas minhas entranhas.

Eu cedi à tentação e não tenho certeza de como me sinto sobre isso ou como o Crocodilo pode usar isso contra mim.

A vergonha borbulha em meu sangue.

Eu deveria ter pensado melhor.

Deveria ter sido mais forte.

Viro outra dose e o álcool finalmente faz efeito, esquentando meu corpo, aliviando um pouco da tensão em meu âmago e do pavor em meu coração.

Só há uma razão pela qual vim para a Terra do Sempre, e não é ter um caso ilícito com meu inimigo imortal.

Preciso de cada grama de força que tenho para me acomodar de volta na cama. Uma vez que estou deitado, eu me entrego ao calor difuso da bebida e ao alívio que sinto por ter voltado para o colchão sem desmaiar.

Durma, digo a mim mesmo.

Só por algumas horas.

E, quando eu acordar, talvez tudo isso seja esquecido, eu possa seguir em frente com minha missão e finalmente deixar o Crocodilo para trás.

Eu deveria saber que não seria tão fácil.

Acordo com Roc chutando a cama.

— Levante-se — ele manda num misto de grito e sussurro, e eu me apoio nos cotovelos.

— Que merda é essa?

Sua mão está na minha boca em um instante, e minha respiração sai por entre seus dedos.

Há uma emoção estampada em seu rosto. Não exatamente medo, mas um primo de segundo grau. Apreensão talvez.

— Fui seguido — ele me diz, removendo a mão e jogando uma camisa em meu peito.

— Quem?

— Vista-se. — Ele vai até a janela e olha para fora. Do outro lado do vidro fino e texturizado, ainda está escuro, então ele não deve ter ficado fora por muito tempo. Felizmente, um pouco da dor diminuiu, sugerindo que meu corpo fez o milagre da cura rápida enquanto eu dormia.

Não me curo como Peter Pan ou seus Garotos Perdidos nem como Roc, mas não estou em tanta desvantagem quanto um mortal. É assim desde que eu era jovem.

Visto a camisa e então me levanto e a enfio nas calças, prendendo meu cinto de volta no lugar.

— Quem te seguiu?

O Crocodilo ainda está esquadrinhando o pátio na frente de nosso quarto.

— Não tenho certeza. E ainda estou tentando decidir se devemos deixá-los nos pegar.

— *O quê?* Por que faríamos isso?

Ele não me responde, então me sento na beirada da cama para afivelar minhas botas. Esta foi uma das principais mudanças quando Peter Pan e o Crocodilo arrancaram minha mão. Eu não consigo mais amarrar botas com um gancho. É muito mais fácil afivelar e travar.

Inevitavelmente, quando penso naquela noite, a dor fantasma volta e, por um segundo, minha mente me prega peças, fazendo-me pensar que a mão ainda está lá, que posso flexionar meus dedos.

— É melhor nos apressarmos. — O Crocodilo decide e vem até mim. — Pegou tudo que era importante?

Não empacotei muita coisa. Examino o quarto e vejo apenas a garrafa de rum e algumas moedas soltas. Acho que meu pente pode estar no banheiro junto com a navalha que usei para me barbear quando cheguei aqui.

— Estou pronto.

— Então vamos sair pela janela de trás.

— Você ainda não me disse de quem estamos fugindo.

Roc arranca abruptamente a cortina e o varão da parede, jogando-os de lado.

A janela de trás é menor e mais estreita que as janelas da frente, e dá para uma cerca-viva não podada e alguns arbustos de roseira-brava. Não será fácil passar por ela.

— Suba — ele me ordena.

— Você primeiro.

Ele revira os olhos para mim.

— Eu tenho duas mãos. Consigo me puxar. — Ele entrelaça os dedos criando um apoio de pé para mim. — Depressa, Capitão.

Tenho noção de que o Crocodilo pode ouvir muito mais longe que eu e consegue e deve saber melhor que eu de quanto tempo dispomos. E, ainda assim, ao ver suas mãos em concha e a tensão em seu semblante, decido que é o momento perfeito para bancar o difícil.

— E se isso for algum tipo de estratagema para me tirar do quarto e trancar a porta, só para me fazer dormir nos arbustos?

— Eu lhe asseguro, Capitão, que não perderia meu tempo com estratagemas. — Ele pronuncia a palavra como se fosse uma brincadeira de criança, como se estivesse abaixo dele. — Você tem cerca de cinco segundos — ele me diz.

— Cinco segundos?!

— Um.
Olho para ele, para a porta da frente e de volta para ele.
— Dois.
Mal estou acordado, mal pensando direito.
— Três.
— Caramba! — praguejo e coloco a bota em suas mãos.
— Quatro.
— Estou indo. Estou indo!
Apoio a mão e o gancho em seu ombro, preparado para ele me dar o impulso para cima.

A porta da frente é arrombada, estilhaçada bem no meio por um aríete com uma cabeça de leão rugindo esculpida na ponta.

— Enrolou demais, Capitão — o Crocodilo murmura para mim, desvinculando as mãos e deixando meu pé cair de volta no chão.

Vários homens invadem o quarto.

Fica imediatamente claro quem eles são: estão vestindo o uniforme dos guardas reais. Calça e casaca azul-marinho com dragonas azul-royal e um brasão bordado no lado esquerdo do peito em dourado. A cabeça do leão rugindo. A marca da família Grimmaldi.

— De joelhos! — grita o homem robusto no comando.

Olho para o Crocodilo.

— O que você fez?

— Eu? Nada. — Ele sorri para mim como se estivesse mentindo.

— De joelhos. Agora!

— Queira me desculpar por essa fera — digo. — Ele não é amigo nem companheiro. O que quer que ele tenha feito, não tenho parte...

O homem robusto balança um dedo, e um homem magro atrás dele se aproxima e me dá um soco bem no nariz.

— Mas que diabos?! — Cambaleio para trás e então afundo de joelhos, cobrindo meu nariz só para o caso de haver sangue.

Felizmente, pareço ileso, exceto pelo zumbido nos meus ouvidos e pela minha visão embaçada.

— Prendam-nos — alguém proclama, e, em segundos, sou algemado e arrastado pela Guarda Real da Terra do Sempre.

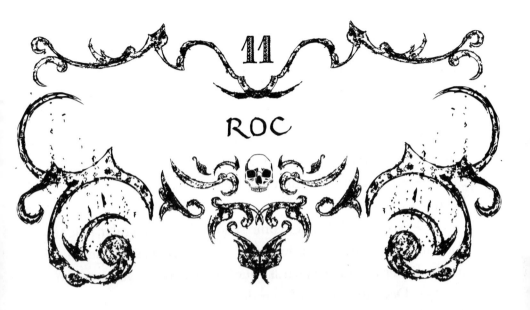

11

ROC

Somos jogados dentro de uma carruagem com grades nas portas e sem janelas. Nossas algemas são presas a correntes em cada uma das paredes. O Capitão está sentado no banco à minha frente, mas a carruagem é tão pequena e estreita que ele precisa fechar as pernas para caber entre as minhas.

A porta é fechada com brutalidade, e o ferrolho é trancado.

Assim que os cavalos são instigados, a carroça dá um solavanco e segue em frente.

O Capitão abaixa a voz para um sussurro irritado e diz:

— Mas que merda você fez enquanto eu dormia?!

Para falar a verdade, eu não fiz muita coisa além de sair para tomar ar e beber um pouco de sangue. Até paguei um duque ao estivador para que abrisse as próprias veias para mim. Foi mais do que costumo dar à maioria das pessoas. Ele não reclamou, nem mesmo quando bebi um pouco além da conta.

Foi no caminho de volta para a estalagem que percebi que estava sendo vigiado e depois seguido.

Mas aí já era tarde. Eles claramente sabiam quem eu era e onde estava hospedado.

A questão é: por que a Guarda Real se deu ao trabalho de me prender?

Normalmente, eu janto com a realeza, não sou capturado por ela. Sou bonito e charmoso demais para isso.

— Acho que a pergunta que você deveria estar fazendo é: "O que vamos fazer agora?".

— Não! — Ele avança como se fosse me estrangular, mas as correntes o puxam de volta ao banco. — Se eu soubesse o que você fez, poderia garantir aos guardas que não tive nada a ver com isso.

— Deseja mesmo se livrar de mim tão cedo?

Estou o provocando, mas, mesmo assim, estou curioso para saber a resposta.

James resmunga e se encosta na parede da carruagem. A cada poucos metros, a luz de um poste de rua atravessa as grades da porta e ilumina seu rosto por um instante, revelando as linhas de ansiedade marcadas entre suas sobrancelhas.

— Não precisa se preocupar, Capitão. — Sorrio para ele. Mesmo no escuro, sei que meus dentes irão brilhar. — Já estive em situações mais precárias do que esta.

— Fomos presos.

— Sim.

— Pela Guarda Real.

— Sim.

— Acho que esta é uma das situações mais precárias em que dois homens podem se encontrar.

— Bem, não a *mais* precária. — Eu sorrio ainda mais.

Estamos passando por um trecho de escuridão entre dois postes de luz. James está envolto em sombras, mas imagino o rubor se espalhando em seu rosto. Imagino-o relembrando a situação precária em que seu pênis esteve há apenas algumas horas.

— Dá pra parar? — ele diz.

— Eu tenho que parar?

Ele se cala, exasperado, e não sei dizer se está cansado de mim ou desesperado por mais.

Às vezes, a diferença entre as duas coisas é muito tênue.

A carruagem segue em volta de Avis, então para em um posto de guarda na muralha do castelo. Os guardas conversam, e um deles ergue um lampião diante da porta gradeada para verificar os ocupantes.

Eu dou um tchauzinho.

O Capitão levanta a mão para proteger os olhos da luz. Sua corrente chacoalha.

— E esse gancho aí? — pergunta o novo guarda. — Era para vocês terem apreendido todas as armas. — A luz do lampião revela seu rosto suado.

O outro guarda, aquele que deu um soco no Capitão na estalagem e que vai pagar por isso em breve, diz:

— Peter Pan roubou sua mão. O gancho é um substituto para ela.

— Ahh, sim. — O homem suado pressiona o rosto contra as grades para nos espiar. — O infame Capitão Gancho, não é?

— Peraí — eu digo do outro lado da carruagem. — Você é o Capitão Gancho?

James me encara, confuso.

— O que está fazendo?

— Eu não fazia ideia! — Deslizo pelo banco e chego o mais perto possível da porta. — Vocês têm que me tirar daqui. Ouvi dizer que ele é diabólico. Perseguiu Peter Pan com violência e tenacidade como nunca vimos.

O guarda suado franze a testa.

— Ouvi *mesmo* dizer que ele é um pirata implacável.

— Sim! — grito. — Ele vai me matar só para passar o tempo, aposto.

— Quer parar com isso? — o Capitão diz entredentes.

— Por favor, senhor. Eu mal conheço esse homem. Pensei que ele estivesse me contratando para fazer uma limpeza. Não passo de um pobre coitado. Apenas um mendigo, sabe.

— É verdade? — o pastelão pergunta ao outro guarda.

— Não se deixe enganar — diz o homem que morrerá em breve. — Esse aí? Esse é o Crocodilo. O Devorador de Homens.

O guarda suado arregala os olhos e recua. Ele deixa cair a lanterna e o vidro se estilhaça, a chama se apagando. Os outros guardas riem à sua custa e ele gagueja em resposta.

— Eu... eu... eu não o reconheci! Eu não sabia.

O homem que socou o Capitão dá um tapinha no ombro do guarda envergonhado.

— Não se preocupe, Basker. Você tem razão em ter medo. Ele é mais perigoso que o pirata.

— Tenha a santa paciência — o Capitão murmura.

— Foi mal. — Bato no joelho dele com o meu e lhe dou uma piscadinha. — Parece que sou mais infame que você.

— Será que essa noite nunca vai acabar?

— Se você tiver sorte, não.

James encosta a cabeça na parede da carruagem e fecha os olhos.

— O que eu estava pensando, me juntando a você?

Os guardas se afastam das portas gradeadas e continuam consolando Basker antes que o portão seja finalmente aberto e os cavalos sejam conduzidos para a frente.

— Para onde os levaremos? — pergunta um dos guardas.

— Direto para a rainha — responde o homem suado.

O Capitão senta-se ereto.

Inclino a cabeça, de ouvido atento à porta.

— Nunca transferi um prisioneiro diretamente para a corte — diz Basker.

A carruagem vira à esquerda, afastando-se da entrada principal do castelo. Somos levados para a parte de trás, até uma porta sem marcações embutida em uma espessa parede de pedra.

Logo acima da muralha exterior, o sol implora para se libertar da noite.

Eu deveria estar dormindo, mas estou eufórico com sangue, gozo e curiosidade.

Não conheço a rainha da Terra do Sempre. Ouvi dizer que essa corte era influenciada por bruxas das trevas.

Já enfrentei duas bruxas assim nos velhos tempos. A primeira quase me matou. A segunda me enganou, tirou minhas calças, depois minha camisa e, em seguida, convenceu-me de que eu era um papagaio. Passei meses desejando bolachas em vez de amendoins.

Não me agrada muito a ideia de enfrentar outra.

A porta da carruagem é destrancada. O cadáver ambulante aparece e me avisa com severidade para nem pensar em fuga. Concordo solenemente. Por que eu fugiria, quando um mistério está tão próximo de ser desvendado?

Além disso, será mais fácil matá-lo se eu fizer o papel de prisioneiro obediente.

O Capitão é solto primeiro. Ele se abaixa ao ser escoltado para fora, e a carroça sacode quando ele salta para o chão.

Sou o próximo. Meu coração bate um pouco mais forte ao ver a veia pulsando no pescoço do guarda. Eu poderia derrubá-lo agora, mas, com vários outros guardas por perto, teria que ser rápido, e não há vingança em uma morte apressada.

— Quando eu te matar — eu lhe digo, conforme minha corrente cai no chão da carruagem —, será uma morte violenta.

— O que você disse? — Ele estreita os olhos.

Usei a língua antiga. A língua da Sociedade dos Ossos.

A língua dos monstros.

Dou uma piscadela.

— É um provérbio antigo. Traduz-se como: "Obrigado, nobre senhor".

Ou quase isso.

Somos levados através da porta sem marcações. Ela dá acesso a um corredor de pedra, largo o bastante apenas para um homem com os cotovelos colados ao corpo. Tochas presas à parede lançam sombras bruxuleantes enquanto seguimos ainda mais para dentro do palácio.

Quando emergimos, nossas botas não fazem o menor ruído sobre um tapete vermelho aveludado.

Estamos nos aproximando agora.

A parede de pedra dá lugar a mais e mais janelas, e os raios dourados e cortantes da recém-nascida luz da manhã invadem o ambiente através dos vitrais coloridos.

— Por aqui — diz o guarda, indicando que devemos virar à direita por um corredor arqueado.

— Se vamos ver a rainha — pergunto ao passar —, será que precisamos mesmo das algemas?

— Eu diria que você precisa de mais do que algemas, mas não sou eu quem manda.

— Adoro uma boa festa de *bondage*.

Ele me empurra, e eu cambaleio para a frente, fazendo as correntes tilintarem.

Ao chegarmos ao nosso destino, um tapete vermelho se estende da entrada até uma plataforma onde um delicado trono repousa vazio.

A sala de recepção da rainha.

Não há janelas aqui nem galeria no segundo andar; quase nenhum móvel.

Não é um lugar onde a rainha recebe convidados.

Enquanto somos conduzidos pelo tapete, noto uma silhueta discreta esperando nas sombras da plataforma. O ambiente parece montado como um palco, com pesadas cortinas de brocado amarradas de cada lado, projetando sombras profundas nos recessos.

Quando chegamos aos cinco degraus de pedra que levam à plataforma, somos bruscamente parados e empurrados para cairmos de joelhos.

— A noite oficialmente acabou, Capitão, mas suspeito que a diversão esteja apenas começando.

— Dá para você calar a boca?

— Silêncio! — A voz da mulher ressoa com autoridade e não é marcada pela idade. É clara e firme.

Minha visão é melhor que a de um mortal, mas acho que a rainha se escondeu de propósito, para dificultar que eu a veja.

E uma segunda onda de apreensão se esgueira dentro de mim.

Se ela está se ocultando de propósito, então sabe o que eu sou. Não apenas minha reputação, mas que não sou mortal. Não sou humano.

Sou algo mais.

E são pouquíssimas as pessoas que conhecem esse "mais".

— Capitão — eu chamo.

— *Shhh* — ele responde.

— Capitão, acho que...

— Silêncio! — ela grita, e o guarda me acerta com seu cassetete de madeira.

O impacto reverbera pelo meu crânio e desce pela minha espinha.

Esse guarda está duplamente morto agora.

Os saltos dos sapatos dela ecoam alto sobre a pedra, até que, de repente, ficam em silêncio quando ela pisa no tapete vermelho.

É desconcertante; primeiro o som estridente, depois o silêncio abrupto, e eu faço uma careta diante do incômodo sensorial.

Até que ela sai das sombras. Até que meus olhos a absorvem por inteiro.

O cenho franzido se transforma em assombro. Eu não costumo ficar boquiaberto. Não com frequência. Talvez às vezes. Às vezes, quando vejo algo bonito de que gosto e quero foder ou morder.

Houve um tempo em que eu queria tudo dela. Queria me afogar nela. Queria que ela me fizesse esquecer.

— Quando a rainha pede silêncio, você obedece — ela diz.

O Capitão também fica de boca aberta e quebra a regra segundos depois de a rainha tê-la imposto.

— Wendy Darling — ele diz. — Você está viva.

12
WENDY

E LES ESTÃO AQUI.

Eles estão mesmo aqui.

Coloco as mãos para trás para esconder o tremor, mas não sei se consigo ocultar de Roc a minha inquietação. Nada nunca lhe escapou.

Endireito os ombros quando o olhar de Theo se volta para mim. Theo é o Capitão da Guarda Real, e fui eu quem lhe deu essa missão. Há apenas duas pessoas nesta maldita corte em quem eu confio: Theo e Asha. E Asha me aconselhou a não seguir adiante com isso.

Olhando para eles agora, os dois homens que um dia desejei mais que tudo, sei que Asha estava certa.

Foi um erro.

Mas já estou envolvida demais e agora preciso encontrar uma saída.

Quando recebi a informação de que havia dois homens na cidade perguntando por mim pelo meu antigo nome, meu primeiro pensamento foi Peter Pan, talvez um dos Garotos Perdidos.

Quando Asha me disse que eram Roc e James — e que não apenas os dois estavam me procurando, mas pareciam estar trabalhando juntos —, precisei ver com meus próprios olhos.

Eles já foram inimigos mortais. Roc arrancou a mão de James como punição por ter me tocado.

Agora, estão ajoelhados lado a lado, os ombros praticamente se encostando.

Acho que calculei mal.

Tudo.

Eles.

Eu.

O quão arriscado seria trazê-los aqui diante da Guarda Real.

Theo é meu aliado, mas por quanto tempo? Um único passo em falso e ele mudará de lado. Sei que sim. Ele só se preocupa consigo mesmo, e, por enquanto, eu lhe dei a impressão de que, se permanecer ao meu lado, eu me casarei com ele e o tornarei rei.

Até ele deve saber que essa promessa é frágil. Afinal, entrei para a família real pelo casamento, não pelo nascimento, e, pior ainda, comecei como prisioneira deles.

É um milagre que eu tenha chegado até aqui.

E é esse mesmo milagre que agora ameaça me levar à decapitação.

Estou pisando em terreno instável. E o retorno de Roc e James é a última coisa de que preciso.

Se Hally descobrir que homens do meu passado reapareceram...

Engulo em seco ao sentir um nó se formar na garganta.

Eu preciso tirá-los daqui. Mandá-los embora da Terra do Sempre.

— Wendy Darling está morta — eu lhes digo. — Mantenham esse nome longe de suas línguas. Entenderam?

James gagueja.

Roc lhe dá uma cotovelada.

James lhe devolve um olhar afiado, mas se cala.

— Claro que entendemos, Vossa Majestade — diz Roc, inclinando levemente a cabeça.

Tenho tantas perguntas.

O que mudou? Eles são amigos agora? E onde está Peter Pan? Os Garotos Perdidos? E as mulheres da família Darling?

E o meu bebê?

Quando me tornei rainha da Terra do Sempre, as portas das Sete Ilhas se abriram para mim, e poderia ter qualquer informação que eu quisesse.

Mas não perguntei. Tive medo demais das respostas.

Será que Smee conseguiu voltar ao reino mortal com minha filha? Será que conseguiu escondê-la? Será que a tirania da maldição de Peter Pan terminou comigo?

Estou tão perto de perguntar agora que preciso morder a língua para me conter. Theo não aprovaria que eu olhasse para trás — isso geraria desconfiança.

Mas, se Roc e James estão aqui, algo mudou.

Quero saber. E, ao mesmo tempo, não quero.

Não vou reviver o passado.

Eles me abandonaram aqui para morrer, para me virar sozinha. Jamais posso me esquecer disso. Dirijo-me a Theo.

— Escolte-os até o cais. Eles não têm permissão para pisar novamente no solo da Terra do Sempre.

— Sim, Vossa Majestade — ele responde.

— E seja rápido, Theo — acrescento, sem conseguir esconder a urgência na voz.

— Claro. — Theo abaixa a cabeça em deferência.

O que eu não disse foi: "Certifique-se de que Hally não os veja".

— Tenham um bom-dia, então. — Viro-me, sentindo o coração na garganta.

— Espere! — grita James. — Isso não pode ser... Wendy, digo, *Vossa Majestade*... viemos de tão longe...

Mas eu não quero saber por que eles estão aqui. Não importa.

Deslizo para as sombras da plataforma e passo por uma porta oculta atrás das pesadas cortinas. Quando estou em segurança dentro do *Túnel da Rainha*, começo a correr. Corro o mais rápido e o mais longe que posso, tentando fingir que nada mudou, quando, na verdade, absolutamente tudo mudou.

13
GANCHO

Ela está mais bonita do que eu me lembrava.

Embora tenha se retirado, a imagem dela em traje real e com a coroa de diamantes da rainha está gravada nas minhas retinas.

Wendy Darling está viva e é a rainha da Terra do Sempre?

Não é mais a jovem e inocente garota Darling, raptada por Peter Pan e levada para a Terra do Nunca.

Ela é uma mulher.

Uma sobrevivente.

Uma rainha, porra.

Seu rosto está mais fino, as bochechas um pouco mais fundas, os olhos escuros e assombrados. Ela pode ter amadurecido, mas não envelheceu muito. Não como deveria, considerado todo o tempo que se passou.

Como fez isso? Como o tempo não a tocou? É algum tipo de magia?

A mestre de doca disse algo sobre a corte estar tomada por bruxas.

O guarda nos empurra em direção à porta.

Olho para Roc. Como ele está lidando tão bem com tudo isso? Por que não está exigindo que Wendy volte? Exigindo respostas?

Ele parece calmo como sempre.

Somos conduzidos para fora da sala e de volta ao mesmo corredor e ao mesmo túnel estreito até emergirmos na luz do dia.

— As algemas ainda são necessárias? — Roc pergunta. — Theo, não é? Nós realmente não queremos fazer mal. Está óbvio que cometemos um erro inocente.

O guarda resmunga para si mesmo, então pega uma chave no bolso. Retira as minhas algemas primeiro, depois as de Roc.

— Por aqui — Theo diz, indicando com um gesto que devemos seguir pelo caminho de pedra de volta ao portão de entrada.

Tomamos a dianteira. Roc acende um cigarro. Não diz nada, apenas segue o caminho de pedras.

O que há de errado com ele?

Eu quero vê-lo perturbado.

Quero que se junte a mim nessa sensação inexorável de abatimento.

Wendy Darling está viva e, ainda assim, olhou-nos como se fôssemos um incômodo. Uma lembrança ruim. Algo que ela queria apagar da sua memória.

E ela é a rainha?

Como diabos isso aconteceu?

Tenho tantas perguntas.

Quando chegamos ao portão, Theo instrui os guardas a abri-lo. O sistema de corrente é acionado e o portão de ferro lentamente se levanta.

Nós realmente vamos passar por aquele portão e nunca mais olhar para trás?

Eu não posso.

Não posso fazer isso.

— Roc — começo a dizer, mas ele imediatamente inclina a cabeça, estreita os olhos e me silencia com um olhar que só ele sabe usar.

— Chega de falar merda. O melhor que vocês têm a fazer é ficar de boca fechada — repreende Theo.

Roc não desvia o olhar do meu por longos segundos e, embora sua expressão seja neutra e seu único movimento seja o cigarro nos lábios, eu já aprendi a reconhecer essa tensão em seu corpo.

É a tensão de um oceano prestes a enfrentar uma tormenta.

Ele vai matar esse homem.

Talvez não agora, mas um dia, provavelmente em breve.

— Não se preocupe, Theo — Roc finalmente diz e tira o cigarro da boca. — Nós ouvimos a rainha. Vamos interpretar o papel de bons garotos obedientes.

A boca de Theo se fecha em uma linha fina. Ele não gosta da gente, e isso levanta a questão: qual é a relação dele com a rainha? Eu apostaria todo meu dinheiro que é mais do que apenas guarda e rainha.

E só de pensar nele em cima de Wendy me dá vontade de enfiar meu gancho em seu ventre e eviscerá-lo.

Talvez eu dispute com Roc a oportunidade de matá-lo.

— Ótimo — diz Theo, acenando para que sigamos em frente. — Então vamos nos apressar antes que...

— Theo? É você?

O sotaque cadenciado e refinado soa à nossa esquerda, e eu percebo o estremecimento quase imperceptível no rosto de Theo.

Roc e eu nos viramos ao mesmo tempo e avistamos um homem vindo em nossa direção.

Não reconheço seu rosto, mas sei imediatamente quem ele é.

Está usando o brasão dos Grimmaldi, o anel de sinete dos Grimmaldi e a grande corrente dourada, com elos entrelaçados, conhecida como Colar de Ember.

Somente o príncipe herdeiro, o Herdeiro Aparente, usaria esse colar específico.

— Alteza. — Theo faz uma reverência rasa, com as mãos entrelaçadas atrás das costas. — Bom dia. O senhor está de pé e ativo cedo hoje.

O príncipe herdeiro para, mantendo uma distância de alguns metros entre nós. Ele nos mede de baixo a cima com um interesse tão penetrante que até me deixa constrangido.

— Ouvi dizer que nossa querida rainha recebeu visitantes hoje e eu não podia deixar passar a oportunidade de conhecê-los.

— Ahh — Theo responde, como se não soubesse por que o príncipe estava nos terrenos do castelo ao amanhecer.

Algumas das respostas que tanto queria estão começando a se revelar.

Não há nada no rosto do príncipe que o conecte a Wendy, então ela deve ser sua madrasta. E, claro, o príncipe herdeiro guardaria rancor da mulher no trono que não é sua mãe.

O príncipe não gosta da rainha e acha que pode nos usar contra ela.

— E você é? — pergunta o príncipe, lançando um olhar cortante para mim.

— Capitão James Gancho — respondo, distante.

O príncipe lança um olhar para Roc.

A expressão de Roc é indecifrável. Ele não diz nada.

— Este é o Crocodilo — Theo responde por ele.

O príncipe pode querer fingir que é ele quem detém todo o poder nessa troca, mas não passa despercebido a nenhum de nós o passo atrás que ele dá assim que descobre quem é Roc.

Há algo inebriante em ser o companheiro de viagem de Roc e observar como as pessoas reagem a ele.

Tenho a chance de estar ao lado dele, quase um igual, não mais seu inimigo e não mais com medo dele. Bem, *quase* sem medo.

Eu sobrevivi depois de ter meu pau em sua boca, então sinto que somos quase iguais.

Duvido muito que o príncipe concordaria em ficar sozinho no mesmo quarto com Roc e muito menos com o próprio pau na boca dele.

— Já ouvi falar de vocês — diz o príncipe.

— Claro que sim — responde Roc.

O príncipe dá uma risada melindrada.

— Então vocês conhecem nossa venerada rainha?

Roc dá uma última tragada em seu cigarro, então coloca a bituca na ponta de seu polegar, lançando-a no ar com o indicador. Ela voa no ar, chovendo faíscas, antes de cair aos pés do príncipe.

Theo engasga com a própria saliva.

O príncipe herdeiro olha para o cigarro ainda fumegante, soltando fogo pelas ventas.

— Theo — ele diz quando olha para cima novamente — , qualquer amigo da rainha é amigo de toda a corte. Conduza esses cavalheiros a um quarto na ala de hóspedes. Eles se juntarão a nós hoje à noite para o jantar.

— Vossa Alteza, com todo o respeito...

— Agora, Theo. — O príncipe se vira. — Estou ansioso para conhecê-los melhor durante o banquete real — ele diz enquanto se afasta. — E, Theo, certifique-se de que nossos convidados tenham trajes adequados.

— Como queira, Vossa Alteza.

Quando o príncipe desaparece atrás do muro, Theo nos agarra pelo braço e nos puxa em direção ao castelo.

— Seus idiotas! Não fazem ideia do que acabaram de fazer, não é?

Eu me desvencilho das garras do guarda, mas Roc se deixa levar, o que eu acho que deve ser uma das coisas mais sinistras que ele já fez.

Theo deve ter um desejo de morte para estar maltratando assim uma fera voraz.

— Não sei do que você está falando — diz Roc. — Mas acabamos de ser convidados para o jantar pelo príncipe. Eu diria que fizemos algo muito certo.

Theo resmunga e me agarra novamente.

— Vocês colocaram a rainha em risco ao mostrarem seus rostos aqui. Ela não vai ficar nada feliz.

Roc inclina a cabeça para trás, para olhar para mim sobre os ombros de Theo. Ele pisca.

Não sei o que isso significa, mas, com ele, decerto não é algo bom.

— Vamos — diz Theo. — Parece que vocês vão passar a noite no castelo. Boa sorte para conseguirem chegar até a manhã.

— Isso soa como um desafio — diz Roc.

— Considere um aviso — Theo resmunga.

14
WENDY

Encontro Asha na biblioteca real, com vários livros abertos na escrivaninha à sua frente. Há uma lamparina acesa ao seu lado, a luz cintilando nas finas páginas de pergaminho. Ela está bem no fundo da biblioteca, onde a luz da manhã, que se infiltra pelas altas janelas arqueadas, ainda não chegou às sombras espessas.

Seu cabelo escuro está torcido e preso num coque com uma varetinha de osso, mas vários fios finos se soltaram e caem em seu rosto pálido e oval.

Asha não é nativa da Terra do Sempre; ela veio para a ilha ainda adolescente, contratada pelos arquivos reais para traduzir textos antigos e completar as Coleções Ilustradas da Terra do Sempre. Quando esse trabalho foi concluído, ela entrou para a Guarda Real. Asha não só fala e escreve sete idiomas (três dos quais estão extintos), como também é uma das soldadas mais habilidosas de todo o exército da Terra do Sempre, tendo ganhado o apelido de Quebra Ossos na Batalha de *Dri vo Dair* contra os povos das terras altas.

Eu me considero incrivelmente sortuda por poder dizer que ela é minha amiga mais confiável, minha *melhor* amiga.

Quando entro, ela não desvia o olhar dos livros e sua caneta continua se movendo por um pergaminho em branco.

Com os textos ilustrados completos, ela começou a traduzir receitas antigas da Terra do Sempre, apenas para se manter ocupada. Recentemente, ela concluiu a tradução de uma receita de biscoitos que a cozinha então testou; os melhores biscoitos que o castelo já produziu.

Minha boca saliva só de pensar neles. Quem sabe com o meu café da manhã, se eu conseguir fazer o pedido a tempo. Eu certamente mereço esse agrado depois da manhã que tive.

— Você os viu? — ela pergunta, ainda com os olhos fixos no trabalho.

— Sim.

— E então?

Eu desabo em uma das cadeiras de couro, meu vestido de rainha enfunando ao meu redor. É pomposo, com um bordado delicado, a gola cravejada de joias e todas as muitas camadas de tule.

Agora me sinto estúpida por tê-lo escolhido para fazer uma cena para James e Roc.

O vestido era para dizer: "Eu não preciso de vocês. Olhem o quão longe cheguei".

Mas a verdade é que minha coroa é uma mentira e o vestido é a máscara de um disfarce que não me serve.

Asha finalmente olha para mim. Quando vê a expressão no meu rosto, coloca a caneta no suporte de latão e cruza as mãos sobre o ventre. Seus dedos estão manchados de tinta, mas as tatuagens vermelhas brilhantes que lhe cobrem as mãos aparecem mesmo assim.

As tatuagens estão na língua de seu povo, os Invernais do Norte, que vivem nas montanhas entre as árvores perenes e os gélidos lagos glaciais. Quando lhe pergunto por que não volta para casa, ela me diz apenas que sua casa já não existe mais.

Nunca insisti. Sei exatamente como é isso.

— Eles a deixaram devastada — ela conclui.

Cerro os dentes, tentando não chorar. A emoção me pega de surpresa.

Asha estala a língua. Ela sempre foi capaz de me ler facilmente e nunca foi de meias palavras.

— Por que eles vieram agora? — Minha voz vacila e eu respiro fundo. — Depois de todo esse tempo?

— Ouviram que você é uma rainha. Vieram famintos pelos presentes de uma monarca.

— Não. — Fecho os olhos e, na escuridão de minhas pálpebras, eu os vejo, Roc e James, mais bonitos que quando os deixei. Mais homens que meninos astutos. Eles são os opostos de uma mesma moeda, um cara e outro coroa; um lindo e desesperadamente elegante, o outro perigosamente discreto, cruelmente belo.

— Eles ficaram surpresos — digo. — Não sabiam quem eu me tornei. Não teriam ido me procurar no Distrito Mercante se soubessem de meu título.

Asha empurra a cadeira para trás e vem até mim, sentando-se na cadeira de couro em frente à minha. Ela se inclina para a frente, com os cotovelos sobre os joelhos. Asha só usa trajes de soldado: calças simples, porém resistentes, túnica justa, colete de couro. Ela poderia, no entanto, usar uma capa de mendiga e, ainda assim, parecer uma princesa.

Asha tem esse quê... algo que consegue extrair o melhor de tudo, até mesmo de sobras.

— O que disse a eles? — ela pergunta.

— Nada, apenas os mandei embora.

Ela inclina a cabeça, observando-me com a mesma atenção que dá aos textos antigos que precisam ser desvendados e decifrados.

— Mas queria não ter feito isso.

Umedeço meus lábios. Um suspiro fica preso em minha garganta.

— Eu queria... queria ter conversado com eles por mais tempo.

— E se tivesse, o que teria dito?

Sinto um aperto no peito, e minha fachada, normalmente inabalável, desmorona, lágrimas e mais lágrimas se acumulando nos meus olhos. Asha é a única pessoa em quem confio para demonstrar minha vulnerabilidade e saber que ela nunca será usada contra mim. Mesmo assim, é doloroso admitir que tenho alguma.

— Eu teria dito: "Como ousaram me abandonar?".

Meu queixo treme enquanto as lágrimas enchem meus olhos.

Asha aguarda e me deixa ter esse momento de desespero.

Limpo meu rosto enquanto algumas lágrimas escapam.

Qualquer sinal de emoção deve ser tratado como uma ferida purulenta: é preciso se livrar de todos os sinais dela, primeiro purgando a infecção, depois cauterizando as bordas em carne viva.

Em um lugar como a corte da Terra do Sempre, não há espaço para fraqueza.

Passado o momento de fragilidade, olho para o teto abobadado da biblioteca, no qual os lustres de ferro forjado ainda piscam com a luz das velas, e fecho os olhos para me livrar dos últimos resquícios de umidade neles.

Viro-me para Asha, aprumo a postura e finjo que não acabei de desabar.

— Acha que eles vão seguir suas ordens? — ela pergunta.

— Depois de terem vindo até aqui atrás de você?

— Acho que eles têm pouca escolha. Mandei Theo escoltá-los até o cais. — Asha desvia o olhar, perdida em pensamentos. — O que foi? — pergunto.

— Eu vi Hally mais cedo no meu caminho para a biblioteca.

— Não, não pode ser. — Eu me empertigo.

— Ele disse que estava indo para o curandeiro por causa de uma dor de estômago, mas agora que penso nisso...

— O quê, Ash? Vá em frente. Não me deixe esperando.

— Quando o deixei, Hally foi na direção oposta. — Levanto-me de um pulo. — Wendy, *espere*.

Não posso. Não posso esperar.

Não há tempo para esperar.

Em um instante, estou atravessando a porta com a saia amontoada em minhas mãos. Asha está em silêncio atrás de mim, mas sei que está me seguindo. Ela não me deixaria confrontar Hally sozinha.

— Por onde ele foi?

A biblioteca fica no terceiro andar, e eu desço a escada até o primeiro patamar, então viro a esquina, descendo o próximo lance até chegar ao mezanino, que fica no centro do castelo, onde a galeria sobe três andares até um teto abobadado de vidro opaco e vigas de ferro entre os painéis.

A galeria está sempre movimentada com criados correndo de um lado para o outro com refeições, mensagens ou ambos e cortesãos esperando uma chance de se aproximar de alguém da família real.

Esta manhã não é diferente. Na verdade, diria que a galeria está mais movimentada do que de costume.

Avisto Hally encostado na juba da escultura de um leão que fica na base da balaustrada de pedra. Ele está rindo, conversando com o grupo de cortesãs que se reuniram ao redor dele.

Não parece estar sofrendo de dor de estômago.

Corro pelo mezanino até a grande escadaria, mas Asha me faz parar.

— O que vai dizer a ele? — ela sussurra.

Embora nós duas estivéssemos descendo as mesmas escadas, não há um sinal de suor em seu rosto. Em contraste, sinto minha coluna pegajosa e a testa um pouco úmida.

Se eu descer lá com essa aparência, a corte inteira vai sair falando que a rainha estava toda suada e afoita para ver o príncipe herdeiro, o que não seria nada bom para mim.

Hally e eu parecemos ter a mesma idade, e já correram inúmeros rumores no palácio de que tínhamos um caso. A única razão pela qual esses boatos têm algum fundamento é porque somos frequentemente vistos nas sombras em conversas acaloradas.

Mas, se alguém soubesse o teor de nossas conversas, os rumores de um caso seriam ridicularizados na corte.

Na maioria das vezes, Hally e eu estamos dizendo o quanto não suportamos um ao outro.

Se eu pudesse matá-lo e escapar impune, eu o faria.

Ele acha que me casei com seu pai por dinheiro e para roubar a coroa dele, quando, na verdade, nunca me deram escolha. O Rei Hald deixou claro que, se eu quisesse viver, teria de me tornar sua esposa.

Em retrospecto, não consigo deixar de me perguntar se Hald sabia sobre minhas capacidades mais do que eu mesma. Logo no início, ele viu algo em mim que poderia explorar, e eu permiti, porque estava desesperada para me sentir segura. Com o passar do tempo, acabamos nos entendendo e comecei até a gostar da companhia dele.

Mas agora ele está morrendo, e eu estou mais uma vez sozinha.

Todas as manhãs acordo em pânico, perguntando-me se estou morta ou prestes a morrer. Mal consigo dormir. Como poderia, quando Hally está lentamente reunindo uma tropa de aliados que querem dar cabo de mim?

Os boatos sobre nosso caso ilícito lentamente, ao longo do tempo, foram se transformando em algo mais sórdido: agora acham que eu sou uma das *vermis*, uma bruxa má que veio para influenciar a corte.

Não há espaço seguro para mim dentro dos muros do castelo, especialmente agora.

Asha tira um lenço de seda do bolso de seu colete e me entrega. Passo na minha testa, então jogo meu cabelo para trás, alisando-o em submissão.

— Se ele fez algo que deveria me preocupar, vai me falar por conta própria — digo para Asha. — E eu tenho que saber.

Asha tem a expressão fechada, lábios selados, mas assente rapidamente, apoiando-me.

— Pareço arrumada? — eu lhe pergunto.

Ela pega o lenço de volta e ele desaparece no bolso do colete.

— Respire fundo — ela instrui.

Inspiro fundo, jogo os ombros para trás, e então expiro, baixo e devagar.

— Melhor — Asha aprova. Eu me viro para as escadas e desço.

Quando o grupo me vê, imediatamente todos ficam em silêncio e se reúnem em uma fila, com as mãos entrelaçadas diante de si, cabeças abaixadas.

Hally se afasta do leão de pedra. Ele tem uma atitude marota, como se tivesse se safado de algo que aprontou, e meu estômago afunda.

— Vossa Majestade — Hally diz e me faz uma reverência superficial.

A fila reunida pelo menos tem a decência de se curvar da maneira que é esperada quando se está diante de uma rainha.

Todas murmuram "bom dia" para mim, mas evitam fazer contato visual.

— Bom dia a todos — eu digo, mantendo a voz leve e arejada. Mesmo antes dos rumores de que sou uma bruxa, a corte gostava de me chamar de vadia de coração gelado pelas minhas costas, porque sempre evitei reuniões da corte e, quando vou, fico mais reservada.

Não tenho saco para fofoca e conversa-fiada.

— E como você está esta manhã, Hally?

Ele me dá um sorriso tenso, dentes cerrados. Ele odeia quando o chamo de Hally, apelido que o pai lhe deu.

— Estou bem, Majestade. E você? Suspeito que esteja se sentindo alegre e animada, com seus companheiros de visita.

O grupo de cortesãs se levanta, atento.

Agora é minha vez de sorrir com os dentes rangendo.

— Companheiros? — pergunto, porque não quero revelar que eles significam alguma coisa para mim.

— Os dois homens que a visitaram em seus aposentos privados ao raiar da manhã? — Os sussurros entre as cortesãs estão praticamente faiscando com fogo. — Muito bonitos, os dois. Tive a chance de cumprimentá-los no portão. Não podíamos deixar os amigos de nossa querida rainha escaparem sem jantar. Sorte que os peguei a tempo.

Coração gelado. É isso que eu sou. Gelado pra *caralho*.

— Se está se referindo aos dois homens que foram escoltados pelo Capitão da Guarda, ficará desapontado ao saber que eles estavam procurando por outra pessoa e foram dispensados para continuarem a busca por sua amiga desaparecida.

As narinas de Hally se dilatam e ele dá um passo à frente, diminuindo a distância entre nós. Ele está perto demais, até mesmo para um príncipe. Todo mundo sabe que o decoro social dita que a rainha tenha um amplo espaço pessoal.

— Seja qual for o caso — ele continua —, ambos aceitaram de bom grado o convite para o banquete. — Malditos sejam.

— Então, se a amiga deles estiver aqui em nossa corte — Hally acrescenta —, nós descobriremos em breve.

Com isso, ele se vira e vai embora, os saltos de suas botas de couro estalando alto no chão de mármore.

15
ROC

Somos escoltados por um criado até uma escada aos fundos e, enfim, depositados em dois quartos conectados. Somos informados de que o jantar é às seis em ponto e que devemos visitar o alfaiate da corte às duas para um traje mais apropriado.

Estou sempre animado para ser mimado.

Quando o criado se retira e fico sozinho, circulo pelo quarto, observando os detalhes.

É muito bem decorado, tem uma lareira de pedra com uma bela cornija. Acima, uma pintura a óleo em uma moldura dourada retrata uma batalha medieval entre as bruxas e um dos muitos reis da Terra do Sempre.

Ao lado da lareira, há uma escrivaninha e, mais adiante, duas poltronas de veludo vermelho diante de janelas com vista para o pátio interno do castelo.

A cama é quadrada e fica contra a parede que agora compartilho com o Capitão, e em frente a ela há uma porta que leva a um banheiro.

Escondido atrás da porta, encontro um carrinho de bar abastecido com conhaque e rum.

Vou até lá e me sirvo uma dose.

Copo na mão, vou até a poltrona, sento-me e acendo um cigarro.

Existe algo mais reconfortante que veludo, tabaco queimado e a quentura do conhaque?

Acho que não.

A porta que conecta meu quarto ao do Capitão chacoalha do outro lado, mas a fechadura segura firme.

— Besta! — chama o Capitão. — Abra a porta. — Tomo um gole de conhaque. A maçaneta da porta gira para a frente e para trás. — Roc!

Fecho os olhos e descanso a cabeça em um dos lados curvos da cadeira. O sol está entrando pelas janelas agora, aquecendo o veludo.

O Capitão solta um suspiro descontente, e então seus passos afastam-se da porta, rumam para o corredor e, a seguir, ele irrompe no meu quarto.

— Por que não destrancou a porta?

Abro os olhos.

Ele dá um passo para trás.

Minha mãe disse que saí do útero com olhos brilhantes como jade. Meu pai me dizia: "Toda vez que você olhava para ela, ela fazia o x sobre o peito para afastar o mal".

Era uma bravata, é claro. Mas não foi assim que eu, aos dez anos, entendi.

Aos dez anos, eu acreditava que a razão de minha mãe ter se jogado de um penhasco era não ter suportado existir sob o olhar do filho mais velho.

Sei que minha atenção é tanto a isca quanto a arma.

Tento usá-la com responsabilidade, mas às vezes esqueço.

O Capitão lambe os lábios. Ele se controla e se concentra em sua frustração porque é sempre mais fácil ficar bravo que agoniado.

— Besta — ele diz como se fosse um palavrão.

— Por que não abri a porta? — repito para ele. — Porque não estava com vontade.

Ele resmunga, e suas sobrancelhas escuras formam um v sobre seus olhos.

O Capitão está acostumado a mandar nas pessoas, e acho que o fato de eu preferir comer pedras a ser mandado o torna malcriado.

E um Capitão malcriado me desperta sentimentos que eu preferiria não sentir. Como o desejo de jogá-lo na cama para aliviar essa frustração do rosto dele.

Insinuação sexual intencional.

Mas eu já peguei a mão dele. Quanto mais posso devorar?

E, por falar nisso, quanto de Wendy posso ter?

Pela primeira vez em toda a minha vida, estou cheio de dúvidas.

E não gosto disso.

Dou uma tragada no cigarro e deixo a fumaça criar um véu sobre meus olhos.

O Capitão continua resmungando sobre minha natureza indiferente e como isso será minha ruína. Ele gesticula com a mão e o gancho enquanto fala, apontando a extremidade afiada para mim.

— Você está me ouvindo? — ele diz alguns minutos depois.

— Desculpe, o quê?

Exasperado, ele vai até o bar, serve uma bebida e vira tudo de um gole só.

Observo o pomo de adão balançar em sua garganta, e o fogo acende em meu peito.

Ele pousa o copo e fecha a porta com a curva do gancho. Quando se dirige a mim, abaixa a voz.

— Seja lá o que estivermos fazendo aqui, parece uma má ideia. Tem algo errado.

Ele está certo sobre isso.

Algo mudou em nossa querida Darling, Wendy. Ela está diferente, mas ainda não consigo apontar no quê.

— Qual é seu plano? — o Capitão pergunta.

— Plano? Você pensa muito bem de mim. Não há um plano.

James me encara como se eu tivesse acabado de perturbá-lo muito.

— Você só pode estar brincando.

— Estou?

Ele bufa.

Dou outra tragada, exalo.

— Por que você não parece preocupado?

— Preocupação é para freiras e coelhos.

— Mas... mas o que... *que diabos!* — Ele levanta os braços e os deixa cair dramaticamente para os lados. — Você é impossível.

— Acho que você quis dizer impecável.

— Não, não quis!

— Talvez impenetrável? Não, isso também não está certo. Eu sou definitivamente *penetrável*.

Sorrio. Ele cruza os braços sobre o peito, o gancho para fora, e inspira longa e profundamente.

James torna tudo isso muito fácil.

Dou outra tragada no cigarro e seguro a fumaça em meus pulmões.

— Tem algo errado — ele diz de novo, mais baixo, mais incessantemente.

Solto uma baforada proposital, e a fumaça forma uma nuvem atravessada por um raio de sol.

— Eu sei — afirmo, e os ombros dele relaxam de alívio.

Apago o cigarro em um cinzeiro próximo, levanto-me e o encontro no tapete.

— Wendy estava com medo, e não era de nós.

— Como você sabe? — O Capitão franze o cenho.

— Pude ouvir primeiro no batimento cardíaco dela e depois no tremor em sua voz.

A carranca de James se aprofunda.

— Você acha que ela está em perigo?

— Muito! E eu apostaria que tem algo a ver com o príncipe herdeiro.

O Capitão concorda e se afasta, seus braços agora cruzados atrás das costas.

— O príncipe não é filho dela?

— Não, e isso levanta muitas perguntas. Há quanto tempo Wendy é rainha? Por que ele guarda rancor da madrasta? E, o mais importante, onde diabos está o rei?

— O marido de Wendy, você quer dizer.

— Sim, aquele idiota.

James olha para mim e verbaliza o que nós dois estávamos pensando.

— Você acha que ela teve uma escolha neste casamento?

— Quando é que uma mulher tem escolha quando se trata de reis?

O Capitão range os dentes.

Eu compartilho a mesma raiva dele, mas escondo melhor. Não faz sentido mostrar minhas cartas. *Ainda*. A raiva mostrará sua cara quando for preciso, no momento propício.

— O que vamos fazer? Isso é muito mais complicado do que eu pensava.

Vou até as janelas que dão para o pátio abaixo. Alguns castelos destinam seus pátios a usos práticos e funcionais, como abrigar rebanhos, guardar reservas de água e armazenar colheitas. O da Terra do Sempre é para exibição. Jardins bem cuidados e uma fonte gigante de pedra no centro. Daqui de cima, é mais fácil ver que os arbustos bem aparados formam um desenho intrincado de redemoinhos e arcos.

Há cortesãos passeando, mulheres em vestidos ornamentados carregando sombrinhas de renda e homens em casacos de linho fumando enquanto andam.

Tudo muito bonitinho, mas, por baixo dessa máscara de normalidade, sei que tem *algo* fedendo aqui.

— Vamos a este jantar hoje à noite — eu lhe digo —, e então saberemos mais.

— E se estivermos caindo em uma armadilha?

— Oh, Capitão. — Eu me viro e sorrio para ele. — A esta altura, você já deveria saber, é muito difícil capturar crocodilos.

WENDY

O QUARTO DO REI CHEIRA A CÂNFORA E VELAS DE SEBO. As cortinas estão fechadas, o que torna a atmosfera ainda mais opressiva, pesada e escura.

Há duas enfermeiras ao seu lado. Elas me reverenciam e então se retiram pela única outra porta do aposento, uma que fica escondida atrás de uma grande tapeçaria e leva direto aos aposentos do curandeiro.

Desde que entrou em coma, há dois meses, o Rei Hald está sob constante vigilância.

Vou até sua cama e me sento no banquinho de madeira deixado por uma das enfermeiras. Na mesa de cabeceira, a chama da vela no castiçal de bronze tremula com meu movimento.

A luz bruxuleante projeta sombras assustadoras sobre o morredouro rei da Terra do Sempre.

Sua cabeça está aninhada em um travesseiro de penas, o grosso cobertor brocado puxado até o pescoço. Sua boca está aberta, e cada respiração que ele dá faz seu peito afundar e chacoalha seus pulmões.

— Quando você vai acordar? — sussurro. — Sou como uma mosca presa em uma teia e não consigo deixar de sentir que você ajudou a tecê-la. — Eu rio, mas é de desespero. — Talvez tenha sido muito dura. Eu sabia no que estava me metendo, só nunca poderia ter previsto *isto*.

Estendo a mão, agarrando seu braço fino através do cobertor.

— Por favor, Hald. Preciso de você mais do que nunca. Não sei o que fazer.

A chama tremeluz novamente.

Com o canto do olho, vejo a tapeçaria se levantar quando a porta é aberta. Passos ressoam no chão de pedra.

Hally entra no facho de luz lançado pela vela.

Ele se parece muito com o pai — levemente bonito, com fartos cabelos loiros, mandíbula afiada, o nariz fino da Terra do Sempre e olhos castanhos, escuros e profundos.

Quando me casei com seu pai, tínhamos a mesma idade, Hally e eu. Hald tinha o dobro de nossa idade e sofria de uma doença crônica.

Mas então Hald se recuperou e parou de envelhecer.

Foi quando começaram os rumores de que o rei tinha feito um acordo com os fae. Ou talvez tivesse bebido de uma fonte de fadas. Ou, o pior, tinha se casado com uma bruxa, ou seja, *eu*.

Hald rapidamente esmagou os rumores ao se declarar um escolhido dos deuses. E quem seria ousado o suficiente para chamar um rei de mentiroso?

Depois que a fofoca se acalmou, pensei que estivéssemos seguros, embora Hally tenha deixado bem claro que ainda me considerava uma vigarista ou uma bruxa.

Não achei que sua opinião tivesse importância, já que ele morreria muito antes do pai.

Eu deveria ter previsto. Hally é muito engenhoso, muito ambicioso.

Se o pai não ia envelhecer, então ele também não iria.

Não faço a mínima ideia de como ele conseguiu.

Tenho minhas suspeitas. Só não tenho provas concretas.

— Vossa Majestade — ele diz e faz uma leve reverência.

— Vossa Alteza — eu digo em troca.

Hally vai até o pé da cama e se inclina contra o postigo grosso, cruzando as pernas.

— Não era minha intenção escutar — ele diz.

— Tenho certeza de que não.

— Mas não pude deixar de te ouvir implorando para meu pai acordar, que você não sabe o que fazer. Querida madrasta, eu estou aqui para você. Sei que deve ser difícil, difícil governar esta terra como uma mulher. É um trabalho que nunca foi pensado para o sexo mais frágil. — Eu reviro os olhos. — Abdique e me permita desempenhar o papel de corregente, e assim você pode retornar ao seu tempo de lazer.

A empáfia desse babaca.

Solto o braço de Hald e me levanto, perfeitamente ereta.

— Se o papel nunca foi pensado para uma mulher, então por que seu pai revisou o código real? Por que ele me fez herdeira do trono no caso de sua — falo, engolindo em seco — incapacidade ou partida?

Esta, *esta* é a teia em que estou presa.

Quando Hally parou de envelhecer, Hald o acusou de se aliar aos *vermis* e mudou a linha sucessória, passando o trono para mim.

Achei que ele ficaria vivo para sempre e que dizer sim não faria diferença. Pensei que eu poderia ajudá-lo, não importa o perigo ou a traição que ele enfrentasse.

Eu estava errada.

Agora, não só Hald está em coma, mas todos na corte estão me encarando como se eu tivesse causado sua letargia porque sou quem tem mais a ganhar.

Mas não fiz isso.

Eu nunca quis governar. Vi o estresse que o assento mais alto do reino causava ao meu marido.

Só um tolo iria cobiçar essa posição.

Eu poderia fazer o que Hally pede — renunciar à minha posição e entregar as rédeas para ele. Mas fiz uma promessa a Hald.

Além disso, não tenho certeza de que ter Hally no comando é o melhor para o reino.

Por que tenho de ter uma consciência?

A Terra do Sempre nunca me amou. Então por que diabos sinto que tenho uma responsabilidade para com ela?

Olho para Hald enquanto ele luta para respirar.

Acho que, talvez, minha responsabilidade seja para com ele.

Hald é um homem decente. Apesar da forma como me tornei sua esposa, ele sempre me tratou com respeito e decência.

É mais do que posso dizer de James ou Roc.

Na verdade, nós nem sequer consumamos nosso casamento porque Hald sabia que eu não sentia desejo por ele, e eu ficava mais do que feliz em fazer vista grossa quando ele assumia uma ou mais amantes.

— A resposta é simples — Hally finalmente diz.

— E qual seria?

— Meu pai não estava em seu perfeito juízo.

Dou uma risada curta e cínica.

— Isso ou você envenenou a mente dele.

— Eu jamais faria isso, então você não tem provas.

— É apenas uma questão de tempo, *Wendy*. — Ele rosna meu nome como se fosse uma maldição, e eu pressinto o perigo.

Viro-me para a porta.

— Vou deixá-lo a sós com seu pai. Tenha um bom-dia, Alteza.

— Mal posso esperar para conhecer melhor nossos convidados especiais esta noite. Tenho certeza de que terão muito a dizer sobre sua velha amiga Wendy Darling.

17
WENDY

Asha vai ao campo de treinamento real todos os dias após a refeição do meio-dia, então é fácil encontrá-la quando preciso. Ela está no centro da arena, usando um dos bonecos de treino para praticar com a espada. Sua velocidade é incomparável dentro da Guarda Real, e, em poucos minutos, já fez vários novos entalhes na madeira enquanto a observo da cerca.

— Quer uma parceira? — pergunto.

Ela embainha a espada e se aproxima.

— Nunca é bom brandir uma lâmina quando se está distraído.

Destravo o ferrolho do portão e entro na arena.

O campo de treinamento real fica atrás do castelo, mas dentro da muralha externa. Ele está escondido entre uma alta fileira de sebes e o gigantesco carvalho da Terra das Maravilhas, conhecido como Gigante Escarlate. Somente os soldados de alta patente da Guarda Real ou aqueles com permissão direta da família real podem utilizar esse espaço mais reservado.

— Espadas de treino, então? — pergunto a Asha, e ela finalmente concorda.

Escolho uma no armário de equipamentos e a giro no ar do jeito que Asha me ensinou, aquecendo os músculos e ativando a memória muscular.

Para o meio do dia, está bastante escuro e sombrio, e o ar está gelado. Não há mais ninguém por perto, e estamos longe o suficiente do castelo, portanto é difícil nos avistarem de alguma janela.

Sou grata por esse momento de descompressão.

Troquei o maldito vestido por minhas calças de treino e uma túnica justa. É um alívio estar fora das vestes tradicionais de uma rainha. Nunca gostei delas. Preferiria usar roupas masculinas, mas os costumes da Terra do Sempre desaprovam isso.

— Está pronta, Vossa Majestade? — Asha pergunta, esticando o pescoço e girando os ombros.

— Estou pronta.

Houve uma época em que me considerei fraca. Quando estava na cela daquela Torre, desejava que alguém me salvasse, porque pensava que seria a única forma de escapar.

Treinar com Asha me deu mais confiança. Quando confessei a ela meus medos sobre minhas próprias limitações, ela me disse: "Se você souber como chutar as bolas de um homem, sempre terá uma arma". E foi ao que me agarrei todos esses anos.

Assumo minha posição de luta, e Asha começa a me circular.

A luta começa.

Jamais consegui acompanhá-la. Seus movimentos são fluidos, mas calculados. São os movimentos treinados de uma mulher que cresceu com uma espada na mão.

Na maioria dos dias, sinto inveja de Asha, embora suspeite que o que a trouxe até aqui tenha sido dor e desespero.

Ela nunca fala de sua família ou da vida nas Montanhas da Terra Invernal, e quem sou eu para insistir? Há segredos sobre meu passado que nem mesmo ela conhece.

Creio que seja por isso que confiamos tanto uma na outra: não somos do tipo que força confissões que ainda não conquistamos.

Asha me acerta no ombro com o lado plano da lâmina de treino, e eu solto um chiado de dor, tentando não me distrair.

Ela recua porque sou a rainha e nunca usará toda a sua força contra mim, mesmo que eu implore.

Usando os passos que ela me fez repetir por meses, consigo desferir um golpe em suas costelas e então ataco a parte de trás de sua coxa. Mas ela me intercepta, bloqueando o golpe, e o estalo de nossas espadas de madeira ecoa no ar.

— Você ainda está distraída — ela diz, sem demonstrar o menor cansaço.

— Não estou — retruco, girando a lâmina sobre a cabeça antes de cortá-la na diagonal. Ela bloqueia. Nós nos afastamos e voltamos a circular uma à outra.

Estou determinada a provar que não estou distraída. Finjo um golpe à esquerda e então ataco à direita com a borda da espada, mas Asha tem seus próprios planos e avança dentro da minha guarda.

O choque de movimentos resulta na minha espada batendo nos nós dos dedos dela e o punho da espada dela me atingindo logo abaixo do olho.

O golpe envia uma onda de choque pelo meu pescoço e eu tropeço para trás, enquanto Asha leva a mão ao peito.

— Você está bem? — pergunto a ela, minha bochecha ainda ardendo.

— Claro que estou.

Deixo minha espada cair no chão.

— Deixe-me ver.

— Wendy — ela diz em um tom de advertência que só aceito vindo de Asha.

— Deixe-me ver.

129

Com um suspiro, ela estende o braço.

Há um hematoma considerável florescendo nos nós de seus dedos, o do meio já inchado, duas vezes maior que o tamanho normal, como se pudesse estar quebrado.

— Eu sinto muito.

— Não seja tola — ela diz. — Nós estávamos lutando. E você também não escapou ilesa.

Instintivamente, levo minha mão ao olho e então estremeço quando as pontas dos meus dedos tocam na carne macia.

— Eu vou ficar bem.

— É um olho roxo. As pessoas vão falar.

Não me incomodo em lembrá-la de que vai sarar em uma hora. É mais um daqueles segredos sobre os quais não falamos abertamente por medo da verdade.

Pego a mão dela com a minha esquerda e cubro-lhe os nós dos dedos com a minha direita.

Nem preciso mais pensar — meu poder vem facilmente.

O ar ganha um cheiro de vetiver, musgo molhado e flores recém-cortadas.

Calor irradia de ambas as palmas, e Asha solta um suspiro de satisfação.

Quando a solto, o hematoma desapareceu, os nós dos dedos não estão mais inchados.

— Obrigada — ela diz e esfrega o local.

Eis o poder secreto e misterioso que me colocou no trono. Mas só quando fui enforcada por traição e me recusei a morrer que eu me dei conta de que o tinha.

No fim das contas, esse poder salvou minha vida não uma, mas duas vezes. A primeira vez, na forca; a segunda, quando o Rei Hald me propôs um acordo: curá-lo, tornar-me sua esposa, dedicar meu poder a ele e somente a ele, e ele me faria rainha.

Eu nunca me senti segura; nem mesmo quando criança. Sempre soube que Peter Pan viria atrás mim. Seu espectro me assombrava, até que, uma noite, ele finalmente estava lá, arrancando-me de minha casa.

Hald me deu algo que eu nunca conheci: segurança e proteção.

E então concordei, concedendo-lhe meu poder por décadas e décadas e mais um pouco.

Até que, um dia, meu poder não funcionou mais com ele.

E, como uma represa se rompendo, sua doença e sua idade o inundaram.

Em poucos dias, ele estava acamado; em poucas semanas, estava em coma.

— Não entendo por que funciona em você, mas não nele — digo.

Asha pega sua lâmina de prática.

— Você sabe que eu venho de uma vila onde tudo é muito prático. Abraçamos a ação, não a magia. Então, entenda como quiser: se eu tivesse que adivinhar, diria que tem algo te bloqueando.

Sim, mas o quê? Estou me autossabotando?

No fundo, tenho medo de que talvez os rumores sejam verdadeiros. Talvez eu seja uma bruxa das trevas, talvez possua algo podre em meu âmago.

Talvez eu mereça tudo o que está vindo em minha direção.

E, se meu futuro promete apenas morte e destruição, tenho que fazer tudo ao meu alcance para afastar James e Roc, a fim de que eles não sejam varridos pelo vendaval que se tornou minha vida.

18
GANCHO

Depois de cochilar a tarde inteira, sou retirado da cama por um criado de bigode batendo em minha porta. Ele veste o uniforme palaciano e me informa que devo me dirigir ao alfaiate da corte. Quando saio para o corredor, não vejo sinal algum de Roc e, quando pergunto ao criado se ele se juntará a nós, ele diz que o compromisso do Crocodilo é só mais tarde.

Finjo que não estou desapontado, mas, lá no fundo, estou, sim.

O criado me guia por uma série de corredores, depois descemos a escadaria principal até o mezanino. De lá, cruzamos para a outra ala do castelo e, finalmente, ele me deixa diante da porta arqueada do alfaiate. Com uma reverência e um adeus, o criado se vai.

A porta está ligeiramente entreaberta, então a empurro e espreito lá dentro.

— Olá?

Há vários manequins de madeira na sala de recepção, todos portando vestidos de seda e *chiffon*.

— Olá? — chamo novamente, e um homem aparece a uma segunda porta no fundo da sala. Ele está usando um colete de brocado dourado sobre uma camisa branca com rendas nos punhos. Seu rosto tem uma aparência contraída, como se seu deus o tivesse criado e depois apertado suas bochechas até elas ficarem juntas.

— Eu te ouvi da primeira vez! — ele diz.

— Desculpe. — Faço uma reverência. — Não sabia se havia alguém ou não.

O homem se aproxima, seu olhar imediatamente avaliando meu corpo.

— Humm... — Seus olhos se estreitam, e ele leva uma mão ao queixo, como se estivesse absorto em pensamentos. As unhas estão aparadas e curtas, e as pontas dos dedos estão calejadas, provavelmente de horas e horas costurando à mão. — Ombros estreitos. Peito largo. — Ele estala a língua. — Você não é bem proporcionado.

— E quem decide isso?

Ele inclina a cabeça, olhando para mim.

— Muito bem, então. — Uma fita métrica aparece em sua mão, e ele a desenrola com um estalo. — Braços para cima. — Eu faço o que ele instrui e ele mede meu peito. — Sabe, eu não sou um mago. Não tenho como tirar um terno do nada, então preciso buscar algo no closet real. Proporções são tudo em uma prova, não é mesmo?

— Bem, não tenho certeza...

— Eu tenho! — Ele mede minha cintura, depois os quadris. — Qual é sua medida interna de perna?

— São oitenta e um centímetros.

— Humm — ele diz novamente e então dá um passo para trás. — Diria que você é um inverno profundo.

— Um *o quê*?

Ele murmura consigo mesmo e então desaparece pela porta de onde tinha acabado de aparecer.

Eu o sigo, mas paro na soleira.

Lá da sala de recepção, é difícil imaginar o tamanho deste closet. É como abrir uma concha e encontrar a vastidão do oceano lá dentro.

O closet tem o dobro do tamanho do meu salão de baile na Terra do Nunca. Há fileiras e mais fileiras de cabideiros, depois cômodas, prateleiras, depois mais cabideiros. Ternos, vestidos, casacos e túnicas até onde a vista alcança. O homem folheia vários cabides.

— Inverno profundo — ele diz, pegando um terno azul-marinho e então o devolvendo ao cabideiro. — Essa é sua paleta de cores. Opte pelas cores de inverno profundo e estará sempre deslumbrante.

— O que isso implica?

— Bem, primeiro, pare com o dourado. — Ele acena com a mão na minha direção.

Olho para baixo. Meu casaco tem botões dourados e acabamento dourado ao redor dos punhos. A fivela do meu cinto também é dourada.

— Eu gosto de dourado.

— Você pode gostar. Só não use. — Ele pega outro traje. — Prata vai ficar melhor em você. Confie em mim. — Ele me mostra sua seleção. Um fraque carvão-escuro com bordado prateado de inspiração militar ao longo da lapela e dragonas prateadas. Ele combina com as calças de mesma cor e botas de couro que ficariam logo abaixo dos meus joelhos. — O vestiário é por ali. — Ele indica outra porta escondida entre duas araras de roupas. — Experimente e então saia.

Uma vez lá dentro, fecho a porta atrás de mim e penduro as roupas em vários ganchos parafusados na parede.

Há um espelho de corpo inteiro no canto, colocado em seu próprio suporte dourado. Meu reflexo me encara.

Sério mesmo que dourado não é minha cor?

Eu me viro, avaliando por mim mesmo. Não consigo enxergar por que não.

Mas, quando tiro minhas roupas normais e visto o fraque militar, fica imediatamente aparente. O alfaiate tem razão.

O prata me cai muito melhor, e o tom de carvão, com apenas um leve fundo de azul-escuro, contrasta bem com minha pele.

O primeiro pensamento idiota que me vem à cabeça é: "Aquela maldita besta certamente vai admirar o caimento deste terno no meu corpo".

E então eu sufoco o pensamento e o enterro o mais fundo que posso.

Somos inimigos mortais. Mesmo que ele tenha me dado um dos melhores boquetes que já tive. Talvez o melhor. Ainda parece um truque. Como um traficante que me deu um gostinho de uma droga que ele e eu sabemos que nunca mais poderei experimentar.

Roc me avisou, não foi?

Você nunca mais será o mesmo depois.

Calço as botas e saio.

— Estou pronto — eu chamo e a cabeça do alfaiate aparece entre duas prateleiras de ternos.

— Ahhh, sim! Muito melhor. — Ele usa uma escova de cerdas duras para tirar qualquer fiapo ou fio perdido, então endireita as borlas de prata que pendem das dragonas.

— Brilhante — ele decide.

— Obrigado — eu digo.

— Agora, já para o cabeleireiro.

— *Agora?*
— Sim. Há momento melhor?

O alfaiate me empurra pela sala de recepção, depois me empurra até o corredor, provando que não, não há momento melhor, já que ele nem esperou uma resposta de qualquer maneira. Meu acompanhante original, o criado de bigode, já está me esperando.

Sou conduzido por outro corredor, depois por mais um e termino em uma sala com uma parede de janelas altas que deixam entrar a luz brilhante do fim da tarde.

Sou depositado em uma cadeira de couro macio, e um homem e uma mulher, falando em uma língua que não entendo, aproximam-se de mim. Meu cabelo é escovado, depois penteado, e então estilado com uma pasta espessa que cheira a hortelã e capim-limão. O homem me faz a barba, enquanto a mulher doma os fios rebeldes com o toque suave de seus dedos. Quando terminam, tagarelam entre si sobre mim, acenando e sorrindo.

— Bonito — diz o homem.
— Sexy — diz a mulher.
— Obrigado — digo novamente, pois suponho que, se vou jantar com Wendy Darling, a rainha, realmente devo ter a melhor aparência possível.

Depois de sair do salão de beleza, o criado de bigode me conduz de volta ao mezanino, onde as pessoas já começam a chegar para o jantar.

Na escada grandiosa, o servo faz uma reverência, gesticula para eu descer e então me deixa.

Há uma multidão no grande saguão, e eu atraio a atenção deles assim que desço as escadas.

Não vejo Wendy e nem Roc. O criado pode muito bem estar levando-o ao alfaiate agora. Mas, sem rostos familiares, fico por minha conta.

Não fico sozinho por muito tempo, no entanto.

O príncipe herdeiro aparece ao meu lado assim que piso no chão de mármore. Há uma mulher postada atrás dele, como um pensamento obsessor.

— Capitão James Gancho — diz o príncipe.

— Vossa Alteza. — Faço a reverência necessária.

— Você está muito elegante. — Ele me examina da bota à mandíbula. — Nosso alfaiate e nossos cabeleireiros realmente são inigualáveis. Suponho que não haja nada parecido na sua selvagem ilha da Terra do Nunca.

Ele tem razão, é claro, mas percebo o tom desdenhoso nas palavras que escolheu.

— Agradeço a hospitalidade, é muita gentileza de sua parte. Não fiz as malas para um jantar com a realeza da Terra do Sempre.

— Não por isso. É um prazer.

A mulher atrás dele está parcialmente escondida na sombra da estátua de pedra do leão e pela elevação do ombro do príncipe.

Ele é casado? Está namorando? Curtindo?

Quando ele me pega reparando em sua companheira, parece lembrar, de repente, que tem uma.

— Ah, mas é claro. Permita-me apresentá-lo à minha noiva. Lady Mareth Shade.

Ele estende a mão para a moça e os dedos pálidos dela deslizam em sua palma. Ele a puxa para a luz.

E eu fico imediatamente desconcertado com o rosto bonito da garota.

Ela parece tão familiar.

Seu nariz é fino e pontudo; seus olhos, grandes e brilhantes. Há uma pinta logo acima do canto esquerdo de sua boca. Uma estrela escura em uma tela pálida.

— Já nos conhecemos? — pergunto a ela.

Ela olha para baixo, escondendo os olhos.

— Acredito que não, senhor.

Eu quebro a cabeça, tentando identificá-la.

— Você já esteve na Terra do Nunca? Talvez no porto do norte?

O príncipe ri.

— Minha linda prometida nunca visitaria uma terra tão indomável.

A garota ri com o príncipe e então passa o braço pelo dele, posicionando-se meio atrás novamente.

Ela é recatada, inocente e bonita. Todos os predicativos esperados de uma mulher prestes a se casar com um príncipe.

— Queira me desculpar. — Faço uma reverência para a garota e o príncipe. — Devo estar enganado.

O príncipe cobre a mão da garota com a sua.

— Agora, se nos der licença. Estamos ansiosos para vê-lo à mesa de jantar, Capitão Gancho. Mal posso esperar para ouvir mais sobre sua história com minha madrasta.

A maneira como ele diz a palavra — madrasta — leva-me a acreditar que o que ele gostaria de dizer é *má-drasta*.

É nítido que não morrem de amores um pelo outro.

E sei exatamente como fazer esse joguinho.

— Eu garanto, Vossa Alteza, que não há muita história para contar. Nós nos conhecemos brevemente há muito tempo. Eu só estava passando e pensei em perguntar por ela.

Ele sorri, dá um tapinha no braço da menina.

— Mesmo assim.

Com um aceno, eles se afastam de mim e se juntam a um grupo mais perto do salão de jantar.

Não consigo deixar de observar a moça enquanto eles cumprimentam os membros da corte.

Tenho quase certeza de que não estou enganado, mas minha memória está falhando em identificá-la.

Talvez Roc a conheça. Do alto de sua idade indeterminada, parece que ele conhece todo mundo, e, se *eu* o conheço bem, vai adorar o jogo de tentar descobrir.

WENDY

Q UANDO MINHA AIA PERGUNTOU QUAL VESTIDO EU QUERIA usar no jantar, eu lhe disse que qualquer um serviria, contanto que tivesse bolsos.

E agora, enquanto caminho pela longa galeria que leva ao salão de jantar, esfrego a pedra de selenita quente escondida no meu bolso esquerdo. É um presente que me foi dado por uma mulher com quem eu dividia uma cela na Prisão da Torre da Terra do Sempre.

— Para suas preocupações — ela disse e abriu a palma da mão para revelar o cristal liso com uma depressão bem gasta, perfeita para a ponta de qualquer polegar.

Não sei se há alguma verdade em pedras e cristais terem poderes de cura ou propriedades metafísicas, mas sempre me ajudaram a me distrair da ansiedade e, portanto, essa é uma ferramenta à qual me agarrei desde que me encolhi naquela cela fria e úmida.

Há dias em que o terror de retornar àquele lugar ameaça me engolir por inteiro.

Alguns são tão ruins que tenho de ficar no meu quarto tomando chá de borsha só para acalmar meus nervos. Em outros eu realmente acredito que estou destinada a ser uma eterna prisioneira, seja em uma cela, seja em um reino.

Entro no salão de jantar e o silêncio toma conta de todos.

Isso é normal. Era de se esperar. Mas ainda faz minha pele arrepiar.

Não gosto de ser o centro das atenções.

Agarro a selenita com tanta força que receio que ela possa rachar.

— Sua Majestade, Rainha Wendellyn — o arauto da corte anuncia.

Wendellyn é o nome que Hald me atribuiu quando decidiu que eu seria sua noiva, e não uma ex-prisioneira supostamente leal a Peter Pan.

Por mais que Pan tenha me abandonado na Terra do Sempre, os motivos não importavam. Eu tinha laços com ele. Então eu era culpada por associação.

Hald me disse que eu teria de apagar cada vestígio do meu passado, incluindo meu nome.

E assim nasceu Wendellyn.

Hald me forneceu documentos falsificados que atestavam que eu era uma prima distante da rainha Annabella do Sul de Terra Invernal, o que me tornava apta a me casar com um rei.

Essa história persistiu até que Hally decidisse investigar. Ele acabou descobrindo minha verdadeira origem e meu nome de nascimento. Por que ainda não revelou tudo para a corte é um mistério. Não consigo deixar de pensar que ele está guardando essa informação para usar como uma arma contra mim, como uma bomba que planeja detonar quando lhe der na telha.

Com minha chegada oficialmente anunciada, sigo pelo tapete vermelho que vai da entrada até a mesa real centralizada no fundo do salão de jantar, à frente de um enorme retrato a óleo de mim e Hald pendurado na parede. Posamos por horas para aquela pintura. Não pude deixar de perceber que o artista fez Hald parecer mais jovem do que ele realmente era, um pouco mais magro na cintura, enquanto meu nariz foi pintado com traços mais agudos, meus olhos estreitados com crueldade.

Hald disse que isso me dava uma aparência régia. Ele realmente tinha o dom de fazer com que minhas preocupações parecessem bobas.

Todos os presentes, cerca de trezentas pessoas da nobreza e da aristocracia da Terra do Sempre, estão alinhados de ambos os lados do tapete vermelho, baixando suas cabeças, fazendo uma reverência, à medida que passo.

Quando chego à mesa, dou um aceno de deferência ao príncipe e à sua futura noiva, e então me sento na cadeira da rainha, atrás da longa mesa real de jantar.

Sinto uma súbita pontada de tristeza ao ver a cadeira de Hald ao lado da minha vazia.

Agora que estou sentada, a música recomeça e os cortesãos retomam suas conversas pré-jantar.

Um criado me serve um copo de vinho. Minha aia prova. Esperamos o tempo necessário antes de considerar seguro.

Quando ela permanece ereta, sem efeitos, pego a bebida e tomo um gole.

— Você está resplandecente esta noite, Majestade — diz Hally, erguendo seu cálice.

— Assim como você, Alteza. Esse tom de azul combina bastante com seus olhos.

Ele sorri.

— Minha noiva escolheu para mim.
— Fez bem, então, Lady Mareth — digo a ela.
Ela sorri, abaixando o queixo. Sua voz mal é audível com todo o burburinho.
— Muito obrigada, Vossa Majestade.
Quando Hally anunciou o noivado com Mareth, eu realmente pensei que ele estivesse brincando. Mareth é filha de um nobre menor cujo nome eu nunca consigo lembrar. Não é lá muito bonita, não que isso importe. Mas, em se tratando de Hally, imaginei que essa seria a principal exigência, embora talvez ele queira ser o mais bonito do casal. Ele gosta de atenção. Acho que faz sentido ele querer que a noiva não roubasse seus holofotes.
— Você já viu nossos convidados de honra? — Hally examina o salão de jantar, e meu coração bate um pouco mais forte.
— Você os convidou, Vossa Alteza. Eu esperava que os mantivesse sob controle.
Quando minha aia perguntou sobre minha preferência de vestido, eu deveria ter adicionado *nada de espartilho de barba de baleia*. Porque agora está difícil respirar. E isso está me deixando irritada.
Mas se Hally está incomodado com minha atitude, ele não dá nenhuma indicação.
— Tenho certeza de que vão aparecer em breve — ele diz.
— Ora, ora, falando no diabo.
Sigo o olhar de Hally até a entrada do salão de jantar e meus ombros caem de alívio. O arauto grita:
— Capitão James Gancho.
James assente para o arauto, então cruza os braços atrás das costas, entrando no salão de jantar com toda a graça de um lorde inglês que se sente em casa.
Estou aliviada por ele ser o primeiro a chegar.

Tenho a impressão de que James e eu somos feitos do mesmo tipo de tecido. Ambos tecidos finos com costura delicada e usos muito específicos. Somos o tipo de tecido feito para drapejar, não para moldar.

Eu entendo James.

Nunca entendi Roc.

Ele é como uma tempestade de verão que estoura do nada, imprevisível por natureza, às vezes violento e tão sinistramente lindo que faz seus olhos arderem.

James, eu consigo lidar com ele. Com Roc, não existe tal possibilidade. Só dá para se segurar firmemente e esperar que ele não te consuma por inteiro.

James faz as saudações necessárias e então me avista no centro do salão, e a maneira como olha para mim é como se tivesse avistado terra pela primeira vez em séculos.

Meu coração acelera novamente.

Borboletas reviram meu estômago.

Ele vem até mim com determinação.

— Vossa Majestade. — Ele se curva. Percebo que ainda mantém os braços para trás, escondendo o gancho. Será que receia me assustar?

Quando estávamos juntos, ele tinha as duas mãos e, ah, pelos deuses, sabia muito bem como usá-las.

O toque de James sempre foi gentil, caloroso e apaixonado.

Em contraste, o toque de Roc era contundente e possessivo.

Se eu fosse uma garota respeitável, diria que preferia o toque de James.

Mas não sou.

Se pressionada a escolher, não poderia.

E foi **exata**mente por isso que me vi dividida entre os dois todos aqueles **a**nos. Eu queria a ambos por razões diferentes, de maneiras diferentes.

Sempre fui a roseira, tão suave quanto espinhenta.

Tantos anos se passaram, e acho que não mudei.

Quero ser aterrorizada por Roc. Quero ser adorada por James.

Quero tudo, tudo isso e mais.

E saber que nunca poderei tê-los despedaça meu coração mais uma vez.

Eles deveriam ter ido embora.

Não, *eles nunca deveriam ter vindo.*

James e eu nos encaramos. Ele claramente passou pelo closet real. Está vestindo um belo fraque com adornos prateados costurados à mão por ninguém menos que Bittershore, o alfaiate.

Bitter é meio fae, embora a corte não admita. A corte desaprova qualquer coisa mágica, a menos que a magia seja usada para nos deixar lindos.

De fato, ninguém manuseia uma agulha melhor que ele. E James está se beneficiando do olhar apurado e do talento de Bitter.

O fraque lhe cai como se tivesse sido feito sob medida, e o estilo militar lhe confere autoridade e imponência.

Imagino que, depois de Bitter, ele foi enviado para os gêmeos Whitdrey, os cabeleireiros reais, pois está barbeado e tem o cabelo estilizado e bem penteado.

Ele está impecável, e não me escapa que a maioria da corte o observa com olhos famintos, tanto homens quanto mulheres.

E, se todos os olhos da corte não estivessem em nós, eu o puxaria de lado e me desmancharia em seu calor, além de arrancar todos os segredos de seus lábios.

Por que ele está aqui agora? Por que está com Roc, seu inimigo mortal?

E, então, eu o avisaria.

Você precisa escapar deste lugar enlouquecedor antes que ele o mate.

— Vossa Majestade — diz James —, sua beleza rivaliza com o sol.

Hally solta uma risadinha ao meu lado, e James contrai a mandíbula ao ouvir o som.

— É muito lisonjeiro de sua parte — eu respondo, porque é o que se espera.

— James — Hally o chama —, como nosso ilustre convidado, gostaríamos de lhe oferecer um assento à nossa mesa. Você se juntará a nós em uma posição de honra, à direita da cadeira do rei.

James nota a cadeira vazia ao meu lado, então as outras duas a seguir; a última deve estar reservada para Roc. Isso se ele decidir aparecer. Atrasado de propósito, como sempre. Conhecendo-o como o conheço, diria que deve estar enfiado em algum armário de casacos transando com alguma criada.

E tal pensamento faz meu estômago revirar.

Faz-me querer quebrar tudo.

É melhor ele não estar transando com ninguém sob meu teto.

Ora, acalme-se! Ele não te pertence. Nunca pertenceu.

— Eu ficaria honrado, é claro — James responde e faz outra reverência superficial ao príncipe antes de se sentar do outro lado de Hald.

Mas será impossível conversar com ele, com essa cadeira enorme entre nós.

Meus nervos formigam enquanto penso em como posso remediar a situação.

Claro, tudo não passa de um jogo, e eu sei que Hally está jogando desde que James e Roc puseram os pés na Terra do Sempre e começaram a perguntar por Wendy Darling.

Então por que não entrar no jogo dele?

Chamo um dos pajens. Ele faz uma reverência e espera meu comando.

— Você poderia, por favor, remover a cadeira do rei para que eu possa conversar adequadamente com nossos convidados de honra?

Embora eu esteja de costas para Hally, posso sentir sua ira como uma forte geada de inverno.

Sei que é uma jogada perigosa, mas quero lembrá-lo de que nem sempre eu jogo pelas regras.

O pajem gagueja por um segundo, então assente e diz:

— É claro, Vossa Majestade.

Ele puxa com esforço a cadeira da mesa e a deixa encostada na parede.

— Venha, James — eu digo. — Junte-se a mim.

James se levanta. O pajem move sua cadeira para o meu lado e então um dos criados dispõe os talheres, tanto para James quanto para Roc.

— Pronto — digo e sorrio para Hally. — Assim está melhor.

A veia na testa de Hally está pulsando sob a pele. Lady Mareth coloca a mãozinha pálida e delicada na coxa dele e lhe dá um aperto reconfortante. Um pouco de sua tensão desaparece.

Pagarei por isso mais tarde. Mas, agora, vale a pena.

O copo de James está cheio. Gesticulo para minha aia, e ela experimenta sua bebida.

James me olha, mas eu finjo não notar.

— Você está sendo bem tratado? — pergunto-lhe.

James umedece os lábios. Lembro-me de beijá-los. Lembro-me da maneira terna como sua boca encontrou a minha, a maneira faminta como sua língua provou meu gosto.

Pela primeira vez em muito tempo, sinto um lampejo de calor entre minhas pernas, e a sensação me pega tão desprevenida que me deixa corada.

— A generosidade de sua corte não conhece limites — diz James.

Examino o salão de jantar. As pessoas estão lentamente se dirigindo às suas mesas.

— E onde está Roc?

— Gostaria de saber para poder informá-la — James resmunga.

Tomo um gole de meu cálice. Então eles não estão tão próximos a ponto de estarem intimamente cientes das idas e vindas um do outro.

Admito que, ao vê-los juntos, senti uma pontada de inveja. Acho que tenho ciúme de qualquer um que consiga existir na órbita deles.

Ao vê-los de joelhos, ombros se tocando, eu queria ficar brava com James, por estar onde eu queria estar, e com Roc, por ter o que eu sempre quis em James. Mas, claro, isso é ridículo.

Não é como se eles estivessem juntos, *juntos*.

Dou uma olhada rápida em James. Ocorre-me, de repente, que posso ter interpretado erroneamente a proximidade entre os dois como superficial.

E se houver mais entre eles?

E se for eu quem estiver sobrando?

E, justamente quando penso que talvez seja coisa da minha cabeça, mais uma paranoia do que fato concreto, Roc entra no salão e James se endireita na cadeira, sua respiração muda, fica mais curta, excitada.

Ele engole em seco, o pomo de adão deslizando em sua garganta linda e perfeita.

E meu estômago embrulha.

Não. *Não.*

O ciúme me inunda, ameaçando me afogar.

— O... aham, Crocodilo — anuncia o arauto.

O silêncio que toma conta da multidão só pode ser descrito como *elétrico*.

É como se o próprio rei tivesse entrado no salão de jantar.

Por mais que não seja da realeza, Roc tem uma reputação.

Quem não se encanta com seu charme fica extasiado com sua beleza ou aterrorizado com seu poder.

É impossível não ficar alerta quando o Crocodilo entra no salão.

Estamos todos na palma de sua mão, e ele sabe disso. Embora seja impossível lidar com Roc, ele sabe exatamente como lidar conosco.

Roc sorri para os membros da corte, exibindo todos os seus dentes brancos e perfeitos, incisivos afiados e brilhantes.

Quase perco o ar.

Ele também visitou Bitter, mas, enquanto Bitter vestiu James com um elegante traje militar, ele sabia que qualquer traje com adornos só contrastaria com a beleza de Roc, que está vestindo um terno preto básico, cujo caimento é perfeito em seu corpo.

Ao meu lado, James suspira, e eu olho de novo para Roc.

— Isso sempre foi o que mais odiei nele — admite, com a voz baixa e rouca.

— O quê? — quero saber.

— Como o bandido fica bem de terno.

Fico de queixo ligeiramente caído, meu nariz arde.

Se eu precisava de mais alguma prova, aí está.

Por alguma magia ou reviravolta do destino, os inimigos outrora mortais agora estão grudados um no outro, e eu estou de fora, uma rainha no nome, mas ainda uma mendiga, esmolando migalhas dos únicos dois homens que já me fizeram sentir alguma coisa.

Por que raios eu os deixei?

Algumas noites, no escuro daquela masmorra fria e úmida, eu ficava soluçando baixinho, perguntando a mim mesma por que decidi fugir.

Olhando para trás, sei por que achei que era a decisão certa. Roc e Pan já tinham aterrorizado Gancho, cortando-lhe a mão simplesmente por ousar me tocar. E a única razão pela qual eu estava com Gancho foi porque ele tinha me sequestrado de Pan, procurando acertar as contas.

Eu não queria saber da violência nem da guerra dos dois. Eu queria amar. Queria me sentir segura.

Acho que uma pequena parte de mim pensou que um deles viria em meu encalço, provando sua devoção.

Que tola e boba eu fui.

Roc desfila pela multidão, flertando com toda a corte, enquanto segue seu caminho até a mesa real.

A cada passo que ele dá, a cada metro de distância que diminui entre nós, sinto calor e meu coração bate mais forte, retumbando em meus ouvidos.

Ainda me sinto aquela garota fútil e estúpida. Basta um olhar de Roc para eu me derreter inteira.

Quando finalmente chega a mim, faz uma reverência.

— Vossa Majestade. — Ao endireitar-se, ele tem um sorriso malicioso e dissoluto. O sorriso de um canalha.

— Que bondade a sua finalmente se juntar a nós — eu digo.

James quase se engasga ao meu lado, tentando segurar uma risada.

Roc nunca vacila.

— Queira me perdoar, fui pego pela beleza de seu grandioso castelo. — Ele acena para Hally. — Alteza, devo dizer, sua família tem ótimo gosto para arte e arquitetura. Foi Vison quem projetou o castelo?

Hally gagueja, procurando uma resposta.

— Acredito que foi, sim.

— Foi o que pensei. — Roc contempla o teto alto e abobadado, as vigas curvadas, repletas de entalhes, e os rostos de querubins esculpidos nos beirais. — Seu delicioso senso de humor é evidente.

Não foi Vison, no entanto. Foi Morsoni Maracopa III. Está esculpido na pedra angular, literalmente.

Ao olhar de novo para mim, Roc dá uma piscadinha.

Então ele sabe que Hally não conhece nada sobre sua própria casa. Deixe que Roc faça um joguinho que só ele sabe que está jogando. O fato de que me meteu nisso, no entanto...

Ruborizo novamente e sinto um frio na barriga.

— Queira juntar-se a nós em nossa mesa — diz Hally, indicando o assento vazio. — Nosso primeiro prato chegará em breve.

— Que maravilha. — Roc exibe os dentes mais uma vez. — Estou faminto.

Gancho está inquieto ao meu lado, mas não sei dizer se é tédio ou desconforto.

Roc se senta ao lado direito de Gancho e, assim que está acomodado, inclina-se para sussurrar algo no ouvido de James, que faz uma carranca e praguejando baixinho.

O restante da corte toma seus assentos e a banda preenche o grande salão com notas líricas que ecoam acima de nós.

O primeiro prato é servido: uma aromática sopa de cebola cremosa com batatas crocantes.

Não tenho apetite, mas procuro comer um pouquinho de cada prato, para não dar ainda mais corda para as fofocas.

Não sei como consigo chegar ao fim dos cinco pratos. O fluxo constante de vinho ajuda e, quando o prato da sobremesa é retirado, estou com calor, meio tonta e ousada.

A banda começa a tocar uma música mais animada, e a corte toma conta do meio do salão.

Empurro minha cadeira para trás e minha aia vem me ajudar a me levantar, ajeitando e esticando a saia de meu vestido. Vou até Roc:

— Me acompanha em uma dança.

Não é uma pergunta.

Roc e James se entreolham, e, num instante, Roc está se levantando, pairando sobre mim daquele seu jeito dominante. Sempre me senti minúscula ao lado dele, e isso não mudou.

— Seria uma honra, Vossa Majestade. — Ele pega minha mão.

20

WENDY

Todos os olhos estão voltados para nós conforme Roc me conduz para o centro do salão. Eu esperava que nos fundiríamos à multidão de dançarinos já reunidos no meio de uma quadrilha da Terra do Sempre, mas, assim que piso na pista, a banda começa a tocar outra música, com o violinista no centro do palco.

As notas introdutórias são de uma valsa animada. Devo ter feito uma careta, porque Roc diz:

— O que há de errado, Majestade?

O brilho em seu olhar diz que ele já sabe.

— Você deve se lembrar de que eu não era muito boa em valsa e receio que não sou melhor agora.

Ele passa o braço em volta da minha cintura, puxando-me para junto de si, de seu corpo firme e sólido. Ele tem o cheiro de uma noite de outono, de escuridão inebriante e um calor picante.

Sinto frio na barriga.

— Eu conduzo, Vossa Majestade. Você me segue.

Agora é a vez dele de dar as ordens.

Ou talvez eu estivesse me enganando antes.

Roc nunca aceitará comandos. Ele comanda.

Os demais dançarinos se posicionam ao nosso redor, formando um grande círculo no centro do salão.

Roc levanta a mão, eu deslizo a minha na dele e a música começa a tocar.

E então Roc me gira e gira, até eu ficar tonta, não apenas com a dança, mas com sua proximidade, seu perfume, o peso de sua mão na parte inferior das minhas costas e o aperto seguro da outra mão enquanto me guia nos movimentos.

Ele é um dançarino habilidoso. Não importa se é uma quadrilha, uma valsa ou um *landerwall*. Ele conhece todos os ritmos e é muito, muito bom nisso.

Tudo o que Roc faz, ele faz com confiança.

Não acho que saiba o que é duvidar de si mesmo.

Meu Deus, como isso deve ser libertador.

A banda muda de cadência e temos de adaptar nossos passos para acompanhar o ritmo, enquanto todos nós ali reunidos seguimos o movimento fluido do círculo.

Roc me gira, depois me puxa para trás, e a saia do meu vestido roda como as pétalas de um botão-de-ouro se abrindo.

— Por que você está com medo? — A voz rouca dele em meu ouvido interrompe a música.

— O que quer dizer?

Ele me gira novamente conforme a dança exige, depois me puxa de volta.

— Você está com medo de alguma coisa. Diga-me do quê.

— Você não conquistou os meus segredos.

Ele sorri e eleva o braço em minhas costas para poder me curvar para trás em consonância com o restante dos casais.

Ao me levantar, sinto-me invadida pelo deleite, mas também pela vigilância.

Ele tem uma expressão de quem encontrou algo de que quer se apossar e que não vai parar até conseguir.

— Diga-me como posso ganhar seus segredos, Majestade.
— Não.
— Por quê?
— Porque você me abandonou.
— É nisso que acredita?

Com minha mão firmemente na dele, giro para o centro do círculo junto de todas as demais mulheres. E então Roc me gira de volta.

— Eu pedi para você ficar — ele diz. — Você me rejeitou.
— Você cortou a mão de James.
— Se uma mão toca o que é meu, então a mão também me pertence. E você foi minha primeiro.

Ainda há um sorriso em seus lindos lábios, mas a expressão em seus olhos ficou sombria.

— Eu não te pertencia.

Ele estala a língua.

— Pertencia, sim.

Sinto um frio na barriga com suas palavras. Não quero ser a garotinha tola e sorridente atrás da atenção de Roc e suas garantias de que eu, de fato, pertencia a ele, mas não sei se consigo lutar contra esse ímpeto, mesmo depois de tantos anos.

Ainda não estou disposta a desistir, contudo.

— E agora? — Eu contra-ataco. — Você e James?

Um brilho sinistro arde como uma fogueira em seu olhar.

— Oh, Wendy querida, você ainda não conquistou meus segredos.

Fecho a cara.

Ele me gira uma vez, depois duas vezes, quando a música atinge o clímax.

Ao me puxar de volta para si, para junto de seu peito duro, não deixando nem um centímetro de distância entre nossos corpos, expiro irritada, mas estou ardendo de calor.

Não passa nem ar entre nós agora.

Uma mecha de cabelo escuro cai sobre a testa de Roc enquanto a valsa fica mais intensa. Nosso ritmo é rápido, os passos são complexos e os giros tão ligeiros que o resto do salão vira um borrão.

O violinista para de forma repentina, perfeitamente sincronizado conosco, mulheres, que estamos concluindo uma pirueta, de braços erguidos.

A multidão ruge de alegria, batendo palmas e assobiando.

Estou um pouco suada e ofegante. Já Roc parece que poderia dançar mais uma dúzia de valsas.

— Para alguém que pensa que não sabe dançar, você se saiu muito bem.

Engulo em seco e então as palavras saem da minha boca.

— Você está com ele?

Os olhos verdes de Roc queimam como esmeraldas ao sol.

— Oh, Majestade. O ciúme não lhe cai bem.

— Eu não estou com ciúme.

— Não?

— Você arrancou a mão dele.

— Sim, todo mundo insiste em me lembrar disso.

— Está fazendo mais um de seus joguinhos com ele?

Roc se aproxima de mim e diz:

— E você, está?

O tom protetivo de suas palavras me pega de surpresa, como se a ameaça fosse eu.

Rangendo os dentes, puxo minha mão da sua e o deixo na pista de dança, então peço licença e me retiro do salão de jantar.

21
ROC

Wendy Darling pensa que eu a abandonei aqui? Nem sabia que ela estava nas Sete Ilhas até recentemente. Pan convenientemente deixou de fora o detalhe de que, em vez de levá-la de volta para casa, no reino mortal, ele a abandonou na Terra do Sempre.

Se ele não fosse um deus, eu o mataria só pela inconveniência.

Wendy dispara pelo corredor, o vestido esvoaçando atrás de si, o coração batendo alto, ultrapassando o barulho da corte.

Ela está com raiva de mim, sim, e agora também com ciúme, porque eu tenho nosso adorável Capitão, e ela não. Se tivesse me dado a oportunidade, eu teria lhe dito que havia espaço mais do que suficiente na minha cama para ela e o Capitão. Posso satisfazer os dois facilmente.

— Roc.

Ouço o Capitão me chamando.

Ainda estou vidrado na figura de Wendy desaparecendo no corredor.

A corte já passou para a próxima canção, uma quadrilha que já saiu de moda há alguns anos. Pego uma taça de champanhe da bandeja de um criado que passa por nós. É um champanhe com infusão de frutas vermelhas. As borbulhas estouram em minha língua.

— Besta — sibila o Capitão e finalmente me viro para ele. — O que você disse a ela? Por que ela saiu correndo?

— Ela está com ciúme.

— De quê?

— Você e eu?

— Não existe você e eu — ele desdenha.

Levo a mão ao coração.

— Assim você me machuca, Capitão.

— Oh, não seja ridículo.

Tomo outro gole, esvaziando a taça. Avisto o garçom mais próximo e troco de taça.

— Vou atrás dela — diz o Capitão, indo em direção à porta.

— Com que finalidade?

— Para verificar se ela está bem.

Sigo-o até o corredor.

— Claro que ela não está bem. Está brava, confusa, e com medo de alguma coisa. Só queria que me dissesse do quê, para eu poder matar logo essa coisa e então acabar com tudo isso de uma vez.

O Capitão abaixa a voz, inclinando-se para mim, mas ainda parece que ele está gritando comigo.

— Você não pode sair por aí ameaçando matar alguém em uma corte estrangeira!

— Quem está bancando o ridículo agora? Claro que posso.

— O fato de você nunca se preocupar com as consequências...

— É impressionante, né? — eu o corto.

— Não. — A carranca dele piora. — É preocupante.

— Ahhh... esse era meu sétimo palpite.

Gancho me encara, claramente irritado comigo, e isso só me faz querer provocá-lo ainda mais.

Um Capitão irritado me deixa com fome.

Paramos no meio do corredor abobadado. Alguns cortesãos passam, mas todos mantêm distância de mim.

— Que tal assim? Você vai atrás da nossa querida Darling — digo a ele. — E eu vou em busca de informações.

— Que tipo de informação e de que maneira? Nada de esfaquear ou assassinar.

— Está me dando ordens?

— Se eu estivesse, você obedeceria?

Dou de ombros e vasculho o corredor:

— Satisfazer seus desejos seria uma ordem.

James torce os lábios.

— Não tenho desejos.

Seu coração acelera ligeiramente, o que me indica que ele está mentindo.

— Sei, sei — respondo. — Agora, circulando, Capitão. Tenho trabalho a fazer.

Bufando, ele desaparece no corredor, deixando-me à minha própria sorte.

É minha opinião que quem quer informação tem de pedir aos criados.

A criadagem tem acesso a lugares que pessoas comuns não têm e, na maior parte das vezes, são ignorados, então ouvem coisas que ninguém mais ouve.

Começo com a equipe da cozinha.

O pajem está tão distraído que mal me vê, então nem perco tempo. Uma cozinheira de linha despeja água fervente em um ralo.

Seu rosto está cheio de manchas vermelhas, como se a noite tivesse levado a melhor sobre ela. Não é bem o que estou procurando.

Encontro uma jovem na copa esfregando restos de sopa de cebola seca de tigelas de servir. Ela está curvada sobre a pia de pedra, bolhas e pratos até os cotovelos. Encosto na porta e digo:

— Acho que o trabalho fica mais rápido se você simplesmente jogar os pratos no lixo.

Ela se assusta com o som da minha voz e então se apressa para fazer uma reverência.

Acho que minha reputação já chegou aqui, neste canto escuro da cozinha.

— Posso ajudá-lo, senhor? — ela pergunta, de cabeça baixa.

— Tem algo me inquietando.

— Se eu puder ajudar, senhor, ajudarei.

Ela tem a pele morena e suave dos nativos da Terra Estival, além dos cabelos grossos e cacheados. Se isso não a entregasse, o sotaque entregaria. É um sotaque cadenciado com RS vibrantes.

— Eu estava lá no salão de jantar — começo — e alguém me disse que eu deveria ter cuidado por aqui? Queira me perdoar, faz tanto tempo que não piso na Terra do Sempre... Você não saberia do que eles estão falando, não é? — Dou um passo para dentro da copa. — Não quero me meter em problemas, sabe.

— Claro que não, *sir*. — Ela seca as mãos no avental cor de marfim amarrado em volta da cintura. — Mas não cabe a mim falar.

— *Tsc-tsc*. — Estalo a língua, e a mocinha fica hipnotizada pela minha boca, observando cada movimento de meus lábios.

A tez morena fica toda corada.

Sei o efeito que tenho sobre as mulheres. É uma bênção e uma maldição. Mais bênção que maldição para ser honesto. Meu charme e minha beleza arrebatadora nunca me meteram em confusão.

Mas definitivamente já me livraram a barra em mais de uma ocasião.

Dou mais um passo. A menina tenta respirar fundo, mas percebo os suspiros rasos e as batidas aceleradas de seu coração. Ela me conhece, é claro; eles todos me conhecem. E estar encurralada em uma copa com uma besta como eu pode ser preâmbulo de algo muito bom ou muito ruim.

Mas não tenho desígnios para esta garota, só quero a informação.

— Se eu prometer que tudo fica só entre nós dois — digo num sussurro rouco —, te ajudaria a soltar a língua?

À menção da palavra "língua", ela engole em seco.

— Eu não deveria...

Não imaginei que demandaria tantas manobras, mas talvez seja melhor assim.

Retiro uma barra de ouro do bolso e jogo para ela, que tenta pegar, mas seus dedos estão escorregadios e a barra tilinta no chão.

Quando a moça olha exatamente para onde a barra caiu, seus olhos ficam grandes e redondos como luas cheias, e ela começa a tropeçar nas próprias palavras.

— Eu não pretendia... quer dizer... eu... o senhor tem de saber que... ahhh. — Ela olha para a barra de novo, mas não se mexe para apanhá-la. — *Sir...* — Ela tenta mais uma vez.

— Pegue a barrinha. — Minha voz está equilibrada, nem um pouco ameaçadora. Mesmo assim, a moça engasga e se abaixa para pegar o ouro, que rapidamente desaparece no bolso de seu avental.

— Você estava dizendo? — insisto.

Ela retorce os dedos.

— Promete que não vai me dedurar por fofocar?

Levanto o dedo mindinho.

— Eu prometo. — Ela sorri nervosamente, então prende seu mindinho no meu. O calor que sobe em seu pescoço deixa sua pele vermelha como pimentão. — Vá em frente, então. Agora estamos vinculados por juramento.

Ela fica radiante.

— Bem... — Seu olhar dispara por cima do meu ombro, como se estivesse procurando bisbilhoteiros, mas minha audição é melhor que a visão dela e não detecto ninguém num raio de seis metros, e os que restam na cozinha estão ocupados demais limpando a bagunça após um jantar de cinco pratos. — Há rumores de que tem uma bruxa infiltrada na corte.

— Não! — digo, chocado.

— Sim. O rei e o príncipe não envelhecem, sabe. E tudo começou com a chegada da nova rainha, a Rainha Wendellyn.

Wendy mudou de nome?

— E então?

A garota se aproxima. Somos parceiros de conspiração agora e estamos nos divertindo à beça.

— Primeiro foi o rei que parou de envelhecer.

— Mentira! — exclamo.

— Te juro! E foi logo depois de ter desposado a nova rainha. Então o filho dele, o príncipe, ao longo dos anos seguintes, também parou de envelhecer, e aí começaram os rumores de que a rainha estava tendo um caso ilícito com o príncipe.

— Que escândalo.

— Né?! — a garota cobre a boca para tentar conter o riso.

Não me agrada vê-la se divertindo à custa de uma suposta devassidão de Wendy, mas quem entrou na chuva para conseguir informações tem que se molhar.

— E o que mais?

— Bem, no início deste ano, o rei parou de aparecer em público, e dizem que ele está morrendo, que envelheceu rapidamente da noite para o dia e agora entrou em coma.

— E estão achando que a rainha se virou contra ele? — A moça faz que sim. — Mas por quê? O que ganharia com isso? Ela vai perder o trono quando ele morrer. — Os olhos da criada faíscam. — Ah, do que mais você sabe? Conta tudo.

— Bem... — Ela confere a porta mais uma vez e então desembesta a falar. — Anos atrás, o rei fez uma emenda no código real e instituiu que o herdeiro do trono, no evento de sua morte, não será o príncipe, e sim a Rainha Wendellyn.

Por essa eu não esperava.

— E por que será que ele fez uma coisa dessas?

A garota encolhe os ombros.

— Talvez a rainha tenha usado magia sombria para manipular o rei a fazer a vontade dela.

Eu fui criado mergulhado na escuridão. Reconheço magia sombria quando a vejo e sei que Wendy Darling não tinha poder algum quando foi trazida para a Terra do Nunca.

Hoje de manhã, todavia, senti algo diferente nela quando fomos arrastados para o castelo sob suas ordens.

Não é sempre que um mortal *se torna* uma criatura mágica, mas as Sete Ilhas são cheias de truques.

A garota continua, mas está apenas despejando as próprias teorias. Talvez Wendy seja uma fada malvada disfarçada (não é). Talvez ela esteja planejando matar o rei e casar-se com o príncipe (só por cima do meu cadáver que ela se casa com aquele bostinha). Talvez seja uma fada-madrinha que veio punir uma corte corrompida (ah, isso seria hilário).

Parei de prestar atenção em fada-madrinha (não existem fadas-madrinhas neste reino) quando meus ouvidos capturaram batimentos cardíacos regulares bem ao lado da copa.

Alguém está nos ouvindo.

A respiração está tão estável quanto o coração. Quem quer que esteja nos escutando está acostumado a isso. Posição interessante quando se está bisbilhotando uma besta.

A julgar pelo ritmo do coração, diria que é uma mulher.

Deixo a criada tagarelando, silenciosamente vou até a porta e então... dou o flagrante no espião do corredor.

Só que não há ninguém ali.

O corredor está vazio.

— Algum problema? — a garota pergunta.

Viro-me de volta para ela, sorrindo:

— Sua ajuda foi extremamente valiosa. Não vou mais tomar o tempo de seus afazeres.

A moça encara a pia cheia de louça e responde num muxoxo:

— Sim, senhor.

— Poderia me fazer um favorzinho e não mencionar minha visita a ninguém?

A garota ruboriza.

— Claro que sim, Sr. Crocodilo.

Viu? Claro que ela me conhece.

Pego sua mão na minha e beijo seus dedos molhados. Ela se apoia na beira da pia enquanto seus joelhos bambeiam com o que só posso presumir serem partes iguais de medo e euforia.

— Boa noite, *petit pois* — sussurro.

— Boa noite, *sir* — ela arqueja.

22
ROC

Não diria que esguerar-se para dentro do quarto do rei é uma tarefa fácil, mas meu charme e meu bom humor bastam para convencer uma das enfermeiras, além de algumas moedas de prata do Capitão. Estou curioso para ver o rei, porém não curioso o bastante para dar uma barra de ouro fae. Minhas reservas estão minguando, e meu cofre fica em um banco da Terra Soturna, portanto preciso ser seletivo com meus gastos.

A escuridão no quarto do rei não é minha inimiga, mas o fedor certamente é. A atmosfera carrega o cheiro de carne em decomposição e o podre de magia.

Isso está ficando cada vez mais interessante.

Parado junto ao leito, observo o velho respirar.

Seus pulmões chiam como uma cigarra da Terra Estival e ele tem a boca aberta como um peixe.

— Ora, ora, você está mesmo morrendo, não está? Tem ideia de quantos problemas a inferioridade de seu corpo mortal está causando?

Eu me aproximo, procurando notar qualquer mudança nos batimentos cardíacos ou no ritmo da respiração que indique que ele está ciente de minha presença.

Nada se altera.

Levanto o cobertor.

Ele não passa de pele e osso, quase mais osso que pele. Está tão pálido e decrépito.

Sinto um calafrio.

A mortalidade é um infortúnio cujas consequências tenho a felicidade de não sofrer.

Nada no corpo do rei me chama a atenção. Tudo tem exatamente a aparência que deveria ter em um homem velho à beira da morte.

Mesmo assim, o fedor de mágica está no ar, um odor que conheço muito bem.

Verifico a mesa de cabeceira, a vela queimando no candelabro de bronze, os frascos de remédio. Nada está fora do lugar.

Então onde está? De onde a mágica está vindo?

Dou alguns passos para trás e então percebo.

A cama.

É enorme, quase uma ilha dentro do cômodo. Tem um dossel de quatro postigos ornamentados com um tecido grosso.

Agarro o postigo perto da cabeça do rei e dou um puxão que desarranja o tapete sob meus pés, mas a monstruosidade quase não sai do lugar.

Dou outro puxão e, agora, sim, tenho espaço o suficiente para examinar a parte de trás, entre a cama e a parede.

E ali está...

É ali que encontro.

A marca de um criador.

Um círculo com duas asas e dois Ms entrelaçados.

Os Criadores de Mitos.

— Ai, deu merda — suspiro.

Ter crescido em uma sociedade secreta teve suas vantagens. Pelo menos para mim, já que Vane sempre tentou rejeitar tais benefícios como se fossem um fardo insuportável. Meu irmãozinho é um baita de um teimoso.

E, verdade seja dita, ele preferiria apoderar-se do que quer que fosse a receber de mão beijada.

Admiro essa característica dele, mesmo sem entender.

A Sociedade dos Ossos e os Criadores de Mitos têm mantido uma aliança durante a maior parte de nossa história, mas isso porque não interferimos nos negócios dos Mitos e eles não interferem nos nossos.

Só que já é a segunda vez, em duas ilhas diferentes, que os pego intrometendo-se, expandindo-se, metendo o bedelho em assuntos em que não deveriam se meter.

Empurro a cama de volta para o lugar e arrumo o tapete, deixando-o bem esticadinho. Então cubro o rei e ajeito o cobertor, para deixar o velhote confortável.

Não há mais salvação para ele.

Não há mágica nem milagre capaz de trazer este cadáver de volta à vida. E eu poderia apostar o restante de meu ouro fae de que há o dedo dos Mitos no fato de o rei estar nos braços da morte.

A única coisa a ser feita agora é resgatar Wendy de qualquer que seja a trama escusa e sinistra que os Criadores de Mitos estão armando na corte da Terra do Sempre.

Quanto antes, melhor.

Mas, primeiro, preciso de um bom banho para retirar o cheiro de morte da minha pele. Talvez uma ou duas distrações para refrescar a cabeça.

Depois, mãos à obra.

23
GANCHO

Estou familiarizado com residências reais, mas este castelo é um labirinto, e, mesmo sem ter um relógio para consultar, suspeito que já faz uma meia hora que estou perambulando, talvez mais.

Onde diabos está Wendy?

Virei em um corredor particularmente escuro, em que as chamas das arandelas estão quase apagadas. Talvez tenha adentrado uma ala do castelo em que não deveria estar, mas estou determinado. Não quero reencontrar o Crocodilo sem ter feito nenhum progresso em nossa missão.

Caminho pelo tapete felpudo estendido ao longo do corredor, e por isso meus passos tornam-se ainda mais silenciosos, então é fácil escutar os sussurros de uma conversa secreta se desenrolando bem atrás de uma porta ligeiramente entreaberta à minha esquerda.

Olho para trás, certificando-me de que estou só. O corredor está vazio.

Apoio meu ombro na parede e me inclino o máximo possível na direção da fresta da porta. Ouvir conversas alheias é deselegante, mas estou me convencendo de que é válido se for pelo bem de Wendy.

A voz que escuto, entretanto, não é dela; é da noiva prometida do príncipe.

O que ela está dizendo?

— Você deveria ter me consultado antes de convidar os amigos da rainha para o jantar.

A voz anasalada que responde é do príncipe.

— Eu não deveria ter que pedir sua permissão.

— Sim, mas estamos nisso juntos, não estamos?

— Claro que estamos — ele resmunga.

— As decisões, portanto, devem ser tomadas em conjunto. E convidá-los coloca tudo em risco.

É isso mesmo que estou ouvindo?

Não é difícil se convencer de que ouviu algo errado quando se está em uma posição toda torta, tentando apurar os ouvidos para capturar todas as sílabas, mas só conseguir depreender metade delas.

Na primeira vez que vi o príncipe e sua prometida, ela não me pareceu ser uma mulher direta e reta; pareceu-me tímida e assustadiça, do tipo que se amedrontaria com o estouro de uma bexiga.

Claramente fiz uma leitura errônea de seu caráter. Isso ou ela deliberadamente adotou uma postura retraída. O que levanta a questão: "Por quê?".

Tento caçar em minha memória de onde a conheço, mas não consigo lembrar. Juro que já a vi antes.

E por que exatamente ela acha que o Crocodilo e eu somos uma ameaça?

O que Roc disse sobre Wendy ecoa em minha mente: "Ela está brava, confusa e com medo de alguma coisa".

Será que é do príncipe e de sua noiva?

Toda corte tem um herdeiro beligerante e um consorte postiço, então não ficaria surpreso. Mas, só de pensar em Wendy em perigo por causa das tramas de um principezinho, meu sangue ferve.

Aguardo, quase sem respirar, para ver se falam mais alguma coisa que possa ser pertinente, e então o príncipe diz:

— O que você quer que eu faça com eles?

Após alguns instantes de silêncio, a garota finalmente diz:

— Preocupe-se com seu pai moribundo. Deixe os convidados da rainha comigo.

Maldição!

Afasto-me da porta e saio depressa do corredor.

Onde foi que nos metemos?

24
GANCHO

Eu entro no quarto do Crocodilo sem avisar e, quando ele sai do banheiro encharcado, com uma toalha enrolada na cintura, silenciosamente me repreende por, pelo menos, *não ter batido na porta*.

Tudo o que eu queria lhe dizer, tudo o que ouvi, de repente desaparece da minha mente.

Ele é a distração de que eu não preciso, e agora todos os alarmes que estavam tocando na minha cabeça foram silenciados, quando deveriam estar tocando mais alto.

Há apenas o calor crepitante, como um relâmpago engarrafado, descendo pela minha garganta, pelo meu estômago, até meu pau.

Gotas de água se acumulam em sua pele, deslizando sobre as tatuagens escuras que decoram seu peito. Há uma profusão de flores e trepadeiras, com um nome escrito no centro. *Lainey.* O nome de sua irmã.

Jamais pensaria no Crocodilo como um homem sentimental, mas a tatuagem me faz questionar essa suposição. E ele não voltou para a Terra do Nunca atrás do irmão?

Roc gosta de fingir que não ama nada nem ninguém, mas acho que está mentindo. Acho que ele ama as pessoas à distância, então, se elas conseguirem quebrar seu coração, estarão muito longe para notar.

Mais gotas de água escorrem pela superfície plana de seu abdômen, seguindo o rastro de pelos escuros que desaparecem sob a toalha.

Tenho um vislumbre do meu pau em sua boca e, em um instante, minha calça começa a ficar justa.

Quando finalmente arrasto meus olhos para longe de seu corpo e de volta para seu rosto, encontro-o me encarando, o divertimento nítido em seus olhos verdes.

— Capitão — ele diz e então passa por mim em direção ao bar para se servir de alguns dedos de conhaque. — Você só veio aqui para me admirar, boquiaberto, ou queria alguma coisa?

— Desculpe. — O calor queima em meu rosto. — Sua porta estava destrancada.

— Estava. — Ele se vira para mim, bebe seu drinque, o tempo todo sem tirar os olhos de mim.

A tensão praticamente vibra entre nós.

Eu luto contra a vontade de ajeitar meu pau.

Ele vai acabar percebendo.

Preciso dar o fora daqui.

Por que foi mesmo que eu vim até aqui?

Ah, é!

— Achei que gostaria de saber o que ouvi entre o príncipe e sua noiva.

— Sou todo ouvidos — ele diz enquanto se serve de outra bebida.

Eu lhe conto tudo. E, quando termino, seu olhar está desfocado, como se estivesse perdido em pensamentos.

— E então?

— E então? — Sua sobrancelha escura se levanta. — É interessante.

— Interessante? É no mínimo suspeito.

— Sim. — Ele enche o copo pela terceira vez, mas agora serve dois. Ele me entrega o segundo copo, sua metade inferior ainda enrolada em uma toalha.

— Você não deveria se vestir?

— Deveria?

— Sim — eu lhe digo. — É deselegante.

— É?

Solto um suspiro aborrecido e tomo um gole de conhaque, tentando fazer qualquer coisa além de olhar para Roc.

— Muito bem — ele diz e então remove a toalha, e não há força no mundo que poderia ter impedido meus olhos de olhar para baixo.

Puta merda.

Como cada parte dele, ele é perfeito.

Posso imaginá-lo usando aquele pau em mim, e o pensamento faz o sangue correr para minhas bolas.

— Capitão — ele chama novamente, e eu tenho que tirar meus olhos de sua virilha.

Limpo a garganta:

— Por que está brincando comigo? — Era para a pergunta soar acusatória, mas, em vez disso, soa como um apelo.

— Se houvesse alguma parte de você que não quisesse que eu brincasse, não seria tão fácil. Seria?

Ele parece bravo agora, então eu fecho a cara e correspondo sua ira.

— Estamos aqui por Wendy.

— Sim.

— Não estamos aqui um pelo outro.
— Não estamos?
— Não.
— Diga isso para a protuberância entre suas pernas.

Respiro fundo pelo nariz, as narinas dilatadas. A raiva é dez vezes maior agora, porque ele me dissecou tão facilmente, porque não há onde se esconder quando estou na frente de uma fera imortal.

Eu deveria ir embora. Sei que deveria. Tenho uma parte do corpo literalmente faltando por causa dele. Cada parte racional do meu cérebro está gritando para eu ir embora, mas o lado primitivo, o lado desastroso, o lado vazio, faminto e desolado parece não conseguir se afastar dele.

Minha vingança não pode ser tirar prazer dele? Deixar a sensação do seu toque substituir a lembrança da dor que ele me causou?

Roc esvazia o copo e seu pau vai subindo enquanto o observo.

Talvez a maior vingança seja ver o Crocodilo sucumbir por minha causa.

De repente, não quero nada além de ouvi-lo gozar, ouvir seus grunhidos, sentir seus quadris se esfregando contra mim. Quero que esse idiota arrogante se veja desesperado por mim.

Ele deve ter lido a expressão no meu rosto, porque gesticula atrás de mim com um estalar de dedos e diz:

— Feche a porta, Capitão.

Este é o momento em que posso escapar se realmente quiser, provando a ele e a mim que não vou cair em seus jogos.

Mas não posso escapar. Não posso correr. Sei que não posso porque não quero.

Quero continuar fazendo esse jogo com ele e ver se consigo emergir vitorioso.

Quero ter alguma vantagem sobre ele.

Dou três passos até a porta e a fecho.

Quando me viro, o Crocodilo está atrás de mim, tendo atravessado o quarto em silêncio, pés descalços.

— Bom garoto — ele me diz, e então sua boca está engolindo a minha.

Eu recuo, surpreso, e bato na porta. Sua mão vem ao redor da minha garganta, os dedos pressionando contra a linha afiada do meu maxilar, direcionando nosso beijo com o tipo de demanda que somente uma fera imortal pode possuir.

Ele poderia me devorar por inteiro se quisesse, e acho que eu deixaria.

A linha do seu corpo contra o meu é dura e dominadora, e sinto a pressão do seu pau endurecido contra minha coxa.

O calor corre pela minha espinha. Ele é uma lâmina de barbear arrastada pela minha pele, e estou testando sua afiação.

Ele vai me cortar? Eu ainda me importo? Vou sangrar preto se ele fizer isso. A cada segundo que estou com ele, cortejo a escuridão. Dele, minha; não há mais diferença.

Meu pai odiaria tudo no homem que eu me tornei.

Lamentável, realmente.

Deslizo a mão entre nossos corpos, enquanto o Crocodilo prova o conhaque na minha língua, e agarro sua rola.

Ele geme na minha boca, e o som é como uma sinfonia para meus ouvidos.

Não há som melhor.

Nada melhor nesta terra, porra.

Eu o aperto na base, então acaricio para baixo e para cima, trazendo meu polegar até a fenda na cabeça molhada.

Roc interrompe o beijo, agarra minha mão e enfia o polegar na minha boca, para que eu possa sentir seu gosto.

É salgado e intenso.

Seus olhos verdes têm um flash amarelo, e uma onda de arrepios percorre meus braços.

Então ele arranca minhas roupas, frenético, faminto, e eu estou naquela onda de novo, o resto do mundo uma mancha escura ao meu redor.

O Crocodilo me puxa para a cama, jogando-me para trás, e eu mal tenho tempo de me puxar contra os travesseiros antes que ele esteja em cima de mim, sua boca no meu pescoço, mordiscando minha pele, nossos paus duros e quentes um contra o outro.

Arqueio minhas costas tentando me aproximar dele, mas ele me empurra com seus quadris, prendendo-me.

Um suspiro inútil escapa de meus lábios.

Eu vou me afogar aqui com ele.

Estou me afogando.

Ele passa a mão por baixo de nós, provocando minha bunda com o roçar de seus dedos, e é preciso tudo de mim para não explodir ali mesmo.

Arregalo os olhos, foco no dossel balançando acima de nós enquanto uma brisa sopra pelas janelas do castelo.

Se eu gozar agora, vai acabar muito rápido e vou ficar desejando mais.

— Espere — peço.

Ele se levanta de joelhos.

— Sinto que estou perdendo a cabeça — confesso.

— Eu tenho esse efeito nas pessoas.

— Cale a boca — digo e ele aperta os lábios, mas sorri para mim de uma forma que deixa claro que ele sabe como se gabar com os olhos.

— Prometa que não vai me morder.

— Eu prometo — diz ele facilmente, como se toda a nossa história não tivesse sido estabelecida no fato de que gostamos de machucar um ao outro.

— Vá devagar — aviso.

— Sei como comer uma bunda apertada, Capitão.

Ele se inclina sobre mim, alcançando a pequena gaveta da mesa de cabeceira. E, conforme o faz, sua rola enorme fica pressionada contra mim, e um desejo ardente e furioso me faz respirar fundo.

Ergo os quadris e agarro o pau dele e o meu com força, e o Crocodilo sibila em resposta.

Ele interrompe o movimento pairando em cima de mim, as mãos ainda na mesa de cabeceira.

— Continue — ele incentiva, sua voz rouca e profunda.

Eu começo a nos masturbar, e seu pau incha em meu aperto enquanto ele solta um suspiro desesperado.

Roc pega o que quer que estava procurando e se reposiciona em cima de mim, apoiando os cotovelos nas laterais de minha cabeça. Ele balança os quadris para a frente, doido pelo meu toque.

— Continue fazendo isso, Capitão — ele geme — e eu vou gozar na sua mão antes de ter a chance de entrar na sua bunda.

Diminuo o ritmo em comparação a ele, há algo carnal em me esfregar nele, músculos potentes contra músculos potentes.

— É isso que você quer? — pergunto. — Ter tudo de mim?

Não quero parecer tão carente, mas não há nada que eu mais queira do que ouvir o Crocodilo admitir seu desejo.

— Sim — ele admite.

— Então venha.

Ele se inclina para trás sobre os joelhos. Há uma garrafa de vidro em suas mãos e ele a abre, enchendo uma palma com um líquido transparente e escorregadio.

— Você leva lubrificante aonde quer que vá?

Recolocando a rolha, ele joga a garrafa de lado, ela cai no chão.

Então ele tapa minha boca com a mão limpa. Um suspiro assustado me escapa.

Seus olhos verdes encontram os meus e têm mais um flash amarelo.

— É sua vez de calar a boca.

Ele está sério agora, sua voz profunda e rouca.

— Você tem seis frases. *Mais. Mais forte. Pare. Mais devagar. Meu Deus. Porra.* Agora pare de ser tão difícil e deixe-me cuidar de você. Combinado?

Na minha cabeça, estou vendo uma onda se erguendo no oceano, bloqueando o sol.

Ele espera minha resposta.

Finalmente balanço a cabeça, consentindo.

— Ótimo — ele diz e então se acaricia com o lubrificante, deixando seu pau molhado e brilhante.

Então me vira de bruços e eu agarro o cobertor torcido, perdendo-me no balanço da onda, enquanto o Crocodilo, meu inimigo mortal, enfia o pau na minha bunda.

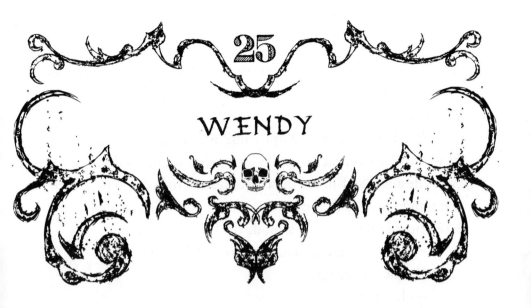

25
WENDY

Asha me encontra escondida em minha sala secreta. A passagem para ela fica ocultada por uma estante de livros em uma sala de estar praticamente esquecida no terceiro andar. Hald me deu assim que cheguei ao castelo e que ele percebeu que eu não tinha o menor interesse por política ou pelos dramas da corte.

Às vezes, eu só preciso me esconder.

E, neste exato momento, queria poder me arrastar para as sombras e nunca mais sair.

— Estava te procurando — diz Asha.

Já tirei o vestido e estou de camisola e roupão de seda com o brasão dos Grimmaldi bordado em fios dourados nas costas. A lenha crepita na lareira. Quando Hald me mostrou a sala, ele também me ensinou a acender o fogo.

Aponto meu copo, meio cheio de vinho com especiarias, para Asha.

— Você me encontrou.

Asha não compareceu ao jantar hoje. Era seu turno de guarda na muralha. Ou pelo menos deveria ser. Mas agora, olhando suas roupas, pergunto-me se ela se esquivou de seus deveres e partiu em uma missão exploratória.

Ela não está usando o típico uniforme de guarda, o de casaco de abotoadura simples e cauda curta com alamares dourados e calças de algodão. Em vez disso, está vestida toda de preto: casaco acinturado preto, calças e botas de couro preto. Seu cabelo escuro está firmemente trançado à moda da Terra Invernal.

— O Crocodilo estava na cozinha hoje à noite.

Eu me empertigo.

— Ele te viu?

Asha cruza as mãos atrás das costas e endireita os ombros.

— Claro que não.

Era só o que me faltava, Roc indo atrás de minha melhor amiga, minha única aliada.

— E o que ele estava fazendo?

— Perguntas, perguntas demais.

Claro que estava.

— E conseguiu alguma resposta?

Asha confirma que sim, um tanto severamente.

Ótimo.

Deixo o copo de lado e me levanto. É o meu terceiro e gostaria de poder dizer que me deixou embriagada, mas só me deixou mais melancólica. Não há nada para fazer nesta corte além de beber e comer.

— Deixe-o comigo. — Vou até a porta.

— Wendy. — Eu paro, já segurando a maçaneta. — Por meses, eu te pedi que considerasse um plano de fuga, e você só me deu desculpas. Não vou aceitar não como resposta. Os riscos são altos demais.

Fecho os olhos e suspiro, prometendo a meu estômago embrulhado que, um dia, tudo será melhor, que não sentirei esse poço constante de ansiedade, essa pulsação incessante de medo.

— Fiz uma promessa a Hald.

— Você não deveria ter que arriscar sua vida e sua segurança por uma promessa.

Até concordo com ela, mas, desde que Pan me abandonou aqui, a Terra do Sempre tornou-se minha casa. Ou pelo menos o mais próximo de casa que uma terra estrangeira pode ser. Se eu não tiver a Terra do Sempre, então o que me resta?

Uma voz sussurra nos recônditos de minha mente: "Você tem Roc e James".

Quando acusei Roc de ter me abandonado, ele pareceu genuinamente surpreso, quase ofendido.

Será que Peter Pan não contou que eu nunca voltei para casa? E Smee? Meus encontros com ela sempre foram curtos e urgentes. Eu estava tão focada em tirar meu bebê da Terra do Sempre em segurança e levá-lo para muito, muito longe de Peter Pan e das Sete Ilhas.

Presumi que ela tivesse dito a James onde eu estava e que, se James sabia, Roc também sabia.

Nunca deixei de me perguntar o que Smee ganharia ao revelar meu paradeiro. Nada. Ela ganharia absolutamente nada. Pelo contrário, teria colocado a vida de James em risco quando ele já estava derrotado.

Acho que, esse tempo todo, culpei as pessoas erradas pelo meu destino.

Talvez seja hora de confrontar Roc e James, e descobrir o que realmente os trouxe até aqui.

WENDY

Primeiro tento a porta de James, batendo de leve na madeira, mas não ouço som algum do outro lado, e, quando enfio a cabeça para espiar lá dentro, percebo que o quarto está vazio.

Onde ele está?

Avisto o quarto de Roc mais adiante e vejo que a porta está fechada.

Vou até lá, mas, antes que possa bater, ouço um grunhido baixinho, e meu coração vai parar na garganta.

E se Hally já os alcançou? E se estiver tentando machucá--los agora?

Entro no quarto com tudo e...

Perco o ar.

O sangue congela em minhas veias.

— Oh, meu Deus. — Cambaleio para trás. — Eu... eu... eu não deveria... *Oh, meu Deus.*

Eles estão na cama, *juntos*, cobertos de suor.

Minha mente imediatamente vai para o constrangimento, mas meu corpo vai para a excitação.

Eu não deveria estar vendo isso e, no entanto... no entanto... Não consigo desviar os olhos.

— Será que ninguém aqui sabe bater? — Roc diz.

Eu me viro para sair, mas Roc repentinamente está lá, batendo a porta em minha cara.

— Você tem duas escolhas — ele me diz, com os cabelos úmidos e desalinhados, os lábios vermelhos e inchados, e o pinto encharcado.

Minha vagina se aperta ao vê-lo, lembrando-se muito bem do que é ser comida por ele. Nunca imaginei que sentiria inveja de James por estar assim com Roc. Pensei que eles se odiassem mais que tudo nesse mundo.

— Primeira — diz Roc —, vem para a cama e se junta a nós. — Fico de queixo caído. — Segunda, você se senta naquela poltrona e assiste.

O bom senso volta a mim como um balde de água fria. Cruzo os braços sobre o peito, percebendo que invadi o quarto dele vestindo nada além de minha roupa de dormir.

— E que tal a terceira opção? — eu desafio. — Vou embora.

Roc me cerca, e eu recuo até a porta. Ele encosta a mão nela logo acima da minha cabeça, impedindo-me de sair. Cada traço feroz dele está bem diante de mim. É avassalador. Superficialmente, não há nada que diferencie Roc de qualquer outro homem, mas, no fundo, meu corpo sabe que ele é a personificação do perigo, mais monstro do que homem.

Os pelos da minha nuca ficam eriçados.

— Você quer ir embora, Majestade?

Começo a responder, tentando articular as três letras em uma palavra — sim —, mas não consigo. Porque as letras, na verdade, estão erradas; a resposta é não.

Meu silêncio diz tudo.

— Então eu repito — Roc diz. — Você tem duas escolhas.
— Crocodilo — James o chama, quase um silvo, mas Roc o interrompe, olhando para trás. — Seis frases, Capitão. Lembra?

James fica quieto, porém carrancudo.

O que significa "seis frases"? São coisas assim que me lembram do quão desconectada estou dos dois. Eles têm uma linguagem codificada, segredos e piadas internas.

Há quanto tempo estão juntos? Como isso aconteceu?

Será que eles estão juntos, *juntos*?

— Sou casada — digo a Roc.

— Não vou usar isso contra você — ele rebate.

Não deveria estar aqui. Não deveria estar fazendo isso. Não porque sou casada. Hald teve tantas amantes durante nosso casamento que até perdi a conta. Na verdade, várias vezes ele me encorajou a ter um amante também.

Não tem nada a ver com Hald ou nenhum dever matrimonial.

E tudo a ver com Roc e James.

A tentação que eles oferecem.

O pavor de que me deixem aqui de novo como deixaram antes e que só me reste ficar agarrada à lembrança dos dois e às migalhas de uma vida que poderia ter sido.

Se eles estão juntos, então não precisam de mim.

Levanto o queixo, encarando Roc.

— Você sabia que eu estava aqui? Algum de vocês sabia?

— Não, não sabíamos — confirma Roc.

Eu os encaro, Roc e James.

— Então por que agora? Por que vieram?

A resposta de Roc é rápida.

— Por você.

— Por quê?

James desce da cama e se aproxima. Ele também está nu, o pau tão duro, apontando para mim, a cabeça brilhando.

Engulo em seco, meu corpo vibrando de uma maneira que não vibrava desde que deixei a Terra do Nunca.

Espero que James me dê uma explicação, algo que ajude tudo a fazer sentido.

Em vez disso, porém, ele enfia a mão em meus cabelos, puxa minha cabeça para trás e me beija.

Toda a tensão se derrete do meu corpo. James me beija como se não soubesse o que era respirar até nossas bocas se encontrarem.

Um arrepio me desce pela espinha.

Ele me beija, um beijo longo e intenso, e o ar esquenta ao meu redor, mas nossas línguas estão mais quentes ainda.

E, quando nossos lábios se separam, James encosta a testa na minha e diz:

— Senti sua falta todos os dias que se estenderam desde então. Se eu soubesse que você estava aqui, grávida do meu bebê, eu teria vindo, Wendy Darling. Eu teria te salvado ou morrido tentando.

Lágrimas queimam em meus olhos e meu queixo treme, mas James não vacila; continua olhando no fundo dos meus olhos, então eu sei... *eu sei*... sei que ele está dizendo a verdade.

Eu desmonto. Bem ali nos braços dele, soluçando como se o tempo não tivesse passado, como se ainda fosse a garota presa em uma cela úmida e escura, vendo minha barriga crescer, sabendo que ninguém viria me salvar.

Mas todos os dias eu sonhei com isso. James ou Roc, ou ambos irrompendo pela porta da prisão e me levando para muito, muito longe.

— Sinto muito não termos vindo antes — James me diz —, mas estamos aqui agora.

Balanço a cabeça para ele e então nossas bocas se chocam novamente. Ele me põe contra a parede. Nossos beijos são frenéticos, famintos, desesperados para diminuir a distância de todos esses anos que pairam entre nós.

Ele desamarra meu roupão, arranca-o do meu corpo, depois envolve a mão e o gancho em volta das minhas coxas, levantando-me em seus braços.

Batemos contra a parede. As alças finas da minha camisola escorregam dos meus ombros e meus seios ficam expostos ao ar, mamilos empinados. James abocanha um deles, chupando o bico duro, e eu arqueio as costas, querendo mais e mais dele.

Eu sei que não deveria estar aqui. Sei que não deveria estar fazendo isso.

Mas estou perdida nele, no desespero de me sentir salva.

E, quando abro os olhos novamente, vejo Roc atrás de nós, observando-nos.

Estendo a mão para ele, ofegante, enquanto James usa seu gancho para arrancar minha calcinha.

Minha boceta está latejando, pingando de tão molhada. Ter os dois ao mesmo tempo... é tão ilícito, tão errado...

Eu não fico tão excitada assim há... séculos.

— Por favor — imploro a Roc.

Só quando James olha para trás e acena com a cabeça para Roc é que ele vem.

— Segure-se em mim, Wendy — diz James.

Envolvo meus braços em seu pescoço, segurando-me com força, enquanto ele se alinha na minha abertura.

Roc fala ao pé do ouvido de James:

— Não pega leve com ela, Capitão. — O olhar de James escurece, seu gancho afunda em minha coxa e sinto a fisgada de dor. — Suspeito que a rainha precise ser devidamente comida — Roc adiciona e, seguindo as ordens dele, James mete bem fundo dentro de mim.

27
ROC

Já fiz muito sexo a três. A quatro. Às vezes a cinco.
Mas isto é diferente.
Tudo nisto é diferente.
Gosto de assistir aos dois.
Geralmente, sou eu a estrela do show.
Raramente sou o público.
E, no entanto, não consigo tirar os olhos deles. Dos lábios de Wendy formando um adorável o e os deliciosos gemidinhos ofegantes de êxtase.
O modo como o Capitão se agarra a ela, abraçando-lhe apertado, mimando-a com toda sua devoção, comendo Wendy como se sua bocetinha fosse feita de estrelas e magia.
Sinto um frio no estômago; meu pau se contrai de tesão.
Dou a eles mais alguns minutos sozinhos; dou a mim mesmo mais alguns minutos para me empanturrar com a visão dos dois. E então pego o frasco de lubrificante, preparando meu pau novamente.
Quero me juntar ao prazer deles e me lambuzar.

Acaricio minha rola da base à cabeça até que ela fique dura como pedra e encharcada.

Posiciono-me atrás do Capitão e, assim que ele sente o calor do meu pau, desacelera as estocadas, abrindo mais as pernas para me dar sua bunda.

Estou tão ansioso para torar seu rabo que o pré-sêmen já está escorrendo na ponta. O Capitão e eu não conseguimos chegar aos finalmentes. Não antes de Wendy Darling invadir meu quarto.

No momento perfeito. Porque agora eu posso vê-la gozar enquanto o Capitão goza, enquanto seu cuzinho se contrai na minha rola e eu o encho de porra.

Por cima do ombro dele, Wendy encontra meus olhos.

Há um aviso ali.

Não o machuque.

O Capitão empurra os quadris para a frente, fodendo Wendy com uma estocada forte. E, quando ele vem para trás, saindo dela, eu afundo meu pau nele.

Ele solta um gemido e cai em Wendy. Ela se reajusta, um braço em volta do pescoço dele, a outra mão no meu ombro, segurando-se.

O cu do Capitão toma metade da minha pica, e sua bundinha apertada é um nirvana do caralho.

Por que eu o odiei, para começo de conversa? Não faz sentido agora. Eu poderia estar trepando com ele esse tempo todo. Eu poderia tê-lo feito meu.

Wendy fecha os olhos. O Capitão mete sem dó dentro dela, cada um de seus movimentos uma dança de vaivém. Para a frente, come a boceta de Wendy; para trás, come o meu pau.

— Oh, meu Deus. — Wendy respira fundo. — Eu nem posso acreditar que estamos fazendo isso.

Enfio dois dedos na boca do Capitão e ele me suga avidamente, girando a língua em mim.

Quando os retiro, afundo os dedos molhados no clitóris de Wendy.

Ela geme, um gemido longo e alto, cravando as unhas em meu ombro nu.

— Estou quase lá — ela avisa.

— Eu também — diz o Capitão.

— Quero ouvir vocês dois gozarem — ordeno. — Deixem-me sentir seu prazer.

O ritmo do Capitão acelera, e o corpo de Wendy bate contra a parede com cada uma de suas estocadas, e, cada vez que ele sai dela e vem fundo em mim, fico cada vez mais perto do meu próprio limite.

Giro os dois dedos ao redor do clitóris de Wendy e seu corpo se contrai, sua respiração mais entrecortada.

— Ai, porra. Ai... caralho — ela diz e então grita durante o orgasmo, seu corpo se contorcendo contra a parede.

Os músculos nos ombros do Capitão formam covinhas, enquanto seu próprio corpo fica tenso, dando e recebendo.

Ele grunhe dentro dela, e eu acompanho seu ritmo, encontrando a cadência que quero.

E, quando James se derrama dentro de Wendy, sua respiração pesada e forçada, não há nada no mundo que possa me impedir de me juntar a ele.

Estou tão pronto para enchê-lo.

Com uma mão em volta da garganta dele e a outra no quadril, dou uma estocada profunda na sua bunda apertada e molhada, e jorro uma carga tão grande que vai pingar dele por dias.

O Capitão treme embaixo de mim, arrepios estalando pelos ombros, apesar do suor cobrindo sua pele.

Os olhos de Wendy se fecham enquanto ela se perde nos tremores secundários de seu próprio prazer.

E eu testemunho os dois, o êxtase de ambos, o prazer que sentem.

Acho que nunca vi algo tão lindo.

28
GANCHO

As pernas de Wendy tremem conforme retiro meu pau de sua bocetinha e ela se desmancha contra a parede. Roc se adianta e a pega no colo, levando-a até a cama. Eu vou ao banheiro e providencio uma toalhinha molhada e morna.

Afasto os joelhos dela com meu gancho, e Wendy me observa limpá-la com as pálpebras quase cerradas.

Eu não estava presente quando ela foi abandonada nem durante toda a gestação e muito menos no parto. Não consigo imaginar a dor e o horror que ela teve de enfrentar, e sou consumido pela necessidade de cuidar dela agora e para sempre.

Ela adormece em questão de segundos, deitada de ladinho, com o braço embaixo do travesseiro do Crocodilo.

Não me surpreende que ela raramente durma neste lugar traiçoeiro.

Ainda nu e completamente à vontade, o Crocodilo nos serve uma bebida e então se joga na poltrona. Acende um cigarro e, ao tragá-lo, a boca de crocodilo tatuada em seu pescoço se movimenta.

Eu me sento na outra poltrona ao seu lado. O quarto está quieto e escuro, exceto pela respiração de Wendy e as baforadas de Roc.

Nós a contemplamos por vários e longos minutos.

Ela não se mexe.

Eu me pergunto se ele também acha que ela é uma aberração, que, se piscarmos, ela desaparecerá de novo.

Beberico meu conhaque.

Roc vira o dele.

O tabaco estala quando ele dá outra tragada.

— Posso confessar uma coisa? — ele finalmente diz, baixinho, para não perturbar Wendy.

Ouvir uma confissão do Crocodilo deve ser semelhante a possuir uma joia rara.

De repente, estou ansioso para saber.

— Vá em frente — digo a ele, fingindo indiferença quando, na verdade, meu coração está batendo tão rápido que consigo senti-lo pulsando na minha garganta.

Ele vira a cabeça no encosto da poltrona, ouço o barulho de seus cabelos raspando contra o veludo. Ouço também a inspiração quando ele olha para mim e diz:

— Ter decepado sua mão é meu maior arrependimento.

Não consigo deixar de franzir o cenho. Não tinha ideia do que ele diria, mas certamente não esperava que seria isso. E certamente não dessa maneira. A voz rouca, o olhar pesado, como se de fato estivesse afetado pelo que disse.

O Crocodilo raramente fica sério, o que me pega de surpresa.

— Quero acreditar em você — eu digo —, mas mentiras rolam tão facilmente em sua língua.

Seus lábios se levantam em um meio sorriso.

— Vou te contar mais uma então. — Ele faz uma pausa. — Eu te desprezo, Capitão. Cada pedacinho seu.

Tudo o que o Crocodilo diz é um quebra-cabeça a ser revirado e examinado. Mas essas talvez sejam as palavras mais honestas que ele já me disse.

A verdade envolta em uma mentira para esconder sua vulnerabilidade.

Só de pensar que o Crocodilo, o Devorador de Homens, me deseja, *cada pedacinho de mim*, eu me sinto como um rei, o pica das galáxias.

— Então por que decepou minha mão? — Levanto meu gancho, gesticulando para ele. — Quer dizer, sei que ela é sua desculpa — indico Wendy aninhada debaixo das cobertas. — Mas por que exatamente? Você não tinha nenhum direito sobre ela e até admitiu que não consegue amar.

Roc considera minha pergunta por um bom tempo. Tomo outro gole de meu copo, saboreando o ardor do conhaque, mas desejando que fosse rum.

— Essa é outra mentira — ele admite. — Sou capaz de amar. Mas tudo que já amei me deixou.

Suas palavras mal passam de um suspiro, com um toque de coração partido.

Fico com os olhos marejados, mas engulo as lágrimas. Não sei se ele quer minha simpatia. Nem sei se estou em condições de lhe dar.

— Isso não pode ser verdade.

— Não contradiga minhas próprias confissões.

Venho mais para a frente para poder vê-lo melhor.

— Você estava com medo de que ela te deixasse para ficar comigo.

— Sim — ele admite. — E, quando estou com medo, eu não penso. Eu faço.

— E, no fim das contas, ela deixou nós dois.

— Ela nos mostrou o que era bom para tosse, não é? — ele ri.

Nossa atenção se volta novamente para Wendy.

— Quero ficar com raiva de Peter Pan por tê-la abandonado aqui, mas, se ele não tivesse feito isso, ela teria retornado ao reino mortal e já estaria morta há muito tempo.

— Sim. — Roc sorve a última gota de seu copo e o põe de lado. — Mas, ainda assim, podemos odiar aquele moleque desalmado pelo que fez.

Agora é minha vez de rir.

— Creio que sim.

Ele termina o cigarro e joga a bituca no copo vazio, onde chia nos resquícios de conhaque.

— O que levanta outra questão — eu prossigo. — Por que ela ainda está viva? As Sete Ilhas não são como o reino mortal, é claro, mas a Terra do Sempre nunca teve a fama de interromper o processo de envelhecimento como a Terra do Nunca. Wendy também deveria ter morrido aqui. Ela não é imortal. E, no entanto, não envelheceu nem um dia.

— Sobre isso...

— Você sabe de alguma coisa? — eu o encaro.

— Há rumores circulando na corte de que ela é uma bruxa; que, desde que se casou com o rei, ele também parou de envelhecer.

— Quando você ouviu isso?

— Hoje à noite, na cozinha.

Pigarreio.

— Você também teve de trepar com alguém para descobrir esse segredo?

— Por acaso agora eu pertenço a você, Capitão?

— Como é que é?

— Oras, você está agindo como um amante possessivo, então eu só quero saber em que pé estamos.

— Eu não sou seu amante.

Só que sou traído pela angústia que me revira ao dizer isso, como se, sim, como se ele pertencesse a mim.

Maldição. Maldito seja.

Aos olhos do Comandante William H. Gancho, não há exemplo maior de *deselegância* que ter um parceiro como o Crocodilo.

Ele não tem moral, não tem lealdade, não tem ambição.

Ele representa tudo que meu pai odiava em um homem.

Sei o que ele diria se me visse agora com Roc: "Você é uma vergonha para o nome Gancho".

Coloco-me de pé.

— Preciso de ar fresco.

— Capitão — diz Roc, quase gutural —, não transei com ninguém da cozinha. Também não transei com a garota da taverna. Eu só estava... — ele suspira.

— Está tudo bem. Não ligo se você transou. — Ligo, sim. — Volto logo. Só... fique de olho nela.

Em um instante, estou diante da porta, mas ele se adianta e me detém, sua mão fria ao redor de meu punho. Não sei se gosto de como ele é capaz de se mover tão rapidamente sem o menor ruído. É um lembrete de que ele não é humano; um lembrete de que *eu* sou.

— Tenha cuidado — ele me avisa. É impossível não perceber a preocupação em sua voz, e sinto um aperto no peito.

— Pode deixar — eu assinto.

29

WENDY

*F*RIO E ESCURIDÃO.
Aonde quer que eu olhe, não há nada além disso.
Lentamente, as trevas se fecham, ameaçando me engolir por inteiro.
Estou soluçando e tremendo enquanto sou escoltada para a forca, com uma corda amarrada em volta do pescoço.
A alavanca é puxada. O alçapão se abre. Fico sem peso por um segundo e então a corda estala.

Acordo sobressaltada, coberta de suor frio.

Não reconheço meus arredores, mas pelo menos não estou em uma cela.

— Teve um pesadelo?

A voz de Roc me encontra na escuridão.

As cortinas estão fechadas; as luzes, apagadas. Uma lamparina a óleo pisca sobre a cômoda, lançando sombras profundas sobre sua silhueta.

Eu me encosto na cabeceira e chuto o lençol para longe. A camisola está enrolada em minhas pernas e úmida em meu peito.

O desconforto de estar pegajosa, exausta e desorientada é algo a que já estou acostumada, mas que odeio mesmo assim.

— Qual foi o pesadelo? — Roc pergunta novamente.

Eu esfrego meu rosto.

— O de sempre.

Ele se senta para a frente, apoiando os cotovelos nos joelhos, e a luz o banha em um tom intenso de dourado.

Vê-lo emergindo das sombras, em toda sua beleza pálida e sombria, mexe comigo de um jeito que não sei explicar.

Quando estava na Terra do Nunca, eu era capaz de qualquer coisa para chamar sua atenção. Era obcecada por ele. Nunca tinha conhecido ninguém como Roc. Às vezes, ele é tão despojado, tão envolvente, que é fácil baixar a guarda e esquecer que, por trás do charme e da boa aparência, existe um monstro imortal que matou mais homens do que se pode contar.

Algo nele mudou, no entanto. Não que seus traços tenham suavizado ou que seu poder tenha diminuído. Na verdade, acho que até aumentou.

Desconfio, todavia, que a diferença nele tem tudo a ver com James Gancho.

— E o que seria o "de sempre"? — ele me pergunta, e levo um minuto para lembrar que estávamos falando sobre meus pesadelos.

— Ah, você sabe — suspiro. — Sequestros. Prisão. Forca. E a inevitável solidão que vem quando até a Morte te abandona.

Eu o encaro, para ver se o deixei chocado. Mas é claro que não.

Será que existe alguma coisa que poderia chocar o Devorador de Homens? Ele já viu e ouviu de tudo.

Roc se levanta e atravessa o quarto, parando aos pés da cama, encostado em um dos postigos, braços cruzados sobre o peito. Ainda bem que ele se vestiu. Acho que não conseguiríamos ter uma conversa lúcida se ele estivesse sem camisa ou, pior, *nu*.

— Quando percebeu pela primeira vez que não podia ser morta?

— Não sei ao certo. — Encolho ombros. — Não é todo dia que as pessoas ficam cara a cara com a morte.

— Fale por si mesma — diz ele.

— Ok, bem, talvez *você* fique. A primeira vez que percebi que algo estava diferente comigo foi quando fui condenada à morte e enforcada por traição. Isso foi quase um ano depois que Pan me deixou aqui.

— E antes disso? Evitou misteriosamente todas as doenças? Você se curava rapidamente?

Penso em minha infância.

— Não, nada do tipo. Quase morri de gripe quando tinha nove anos. Quebrei o punho quando tinha doze, pulando nas pedras de um córrego perto de casa; fiquei com o braço engessado por semanas.

— Aconteceu algo estranho contigo enquanto esteve na Terra do Nunca ou na prisão? Alguém te feriu? Alguém te concedeu algum dom? Você já acordou em algum lugar sem ter a menor ideia de como chegou lá?

— Não, por quê? — respondo, franzindo o cenho. — Aonde você quer chegar?

— Bem... — Ele tem o olhar distante. — Tenho uma teoria.

— Sobre mim? — Eu me sento, toda empertigada.

— Sim. E suas habilidades.

Abraço meus joelhos.

— E qual é?

Ele sorri para mim, deleitado com a pergunta, porque não há nada que Roc adore mais do que desvendar segredos.

— Bem, suspeito que...

O som de sinos badalando o interrompe, reverberando pelo castelo e seus arredores.

Um som alto e discordante que me dá um arrepio na espinha.

— Oh não! — Eu fico de joelhos e saio da cama. — Não. Não. Não.

Roc chega à janela num instante e abre as cortinas.

— Ninguém está atacando o castelo. O que deixa... — Ele olha para trás e me vê paralisada no centro do quarto. Estou completamente gélida.

— O rei está morto — eu arquejo.

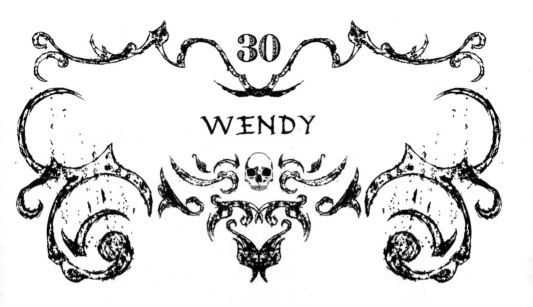

30
WENDY

Saio correndo do quarto de Roc. A essa altura, eles já estão me procurando. Já devem ter notado que estou desaparecida.

Isso não é bom.

Na verdade, é ruim, muito, muito ruim.

— Wendy — Roc me chama enquanto me segue porta afora.

— Encontre James e saiam deste castelo — sibilo para ele por cima do ombro. — Não é seguro aqui para vocês.

— E é para você? — ele rebate.

Resmungo comigo mesma e, ao virar em um corredor, quase esbarro em Asha e Theo.

Para evitar colidir com eles, recuo para trás, mas tropeço nos meus próprios pés e Roc me ampara.

A atenção de Theo imediatamente vai para as mãos de Roc em minha cintura.

— Aí está você — diz Asha.

— Eu sei o que parece — digo. Não quero que Theo se volte contra mim agora. Asha não dá a mínima para como passo minhas noites, mas Theo dá.

— Eu estava perdido — diz Roc. — Sou uma negação com direções.

Por mais que ele esteja atrás de mim, posso sentir o sorriso autodepreciativo em seu rosto.

Theo dá um passo à frente e pega meu braço, conduzindo-me para longe de Roc.

— Venha, Majestade. Precisamos levá-la para um local seguro.

— Claro. O rei está... — eu me interrompo, porque sei como essa frase termina, mas quero ouvir a confirmação.

— Sim — Asha assente. — Temos de ir.

Roc de repente está na nossa frente.

— Não vou te deixar agora. — Então acrescenta apressadamente: — Vossa Majestade.

— Ficarei bem. — Asha e Theo me protegerão. — Você precisa ir. Tem de garantir que James está bem.

Ele grunhe de frustração, mas sabe que estou certa.

— Onde poderemos encontrá-la?

Asha e eu nos entreolhamos. Ela deveria estar trabalhando em um plano de fuga para mim no caso de algo desastroso. Eu diria que a morte do rei é algo desastroso, especialmente agora, com Roc e James aqui. Hally decerto já está tramando um jeito de me derrubar, incluindo assassinato.

— Mandarei te chamar quando for seguro — diz Asha.

— Por favor — digo a Roc. — Vá.

Ele contrai a mandíbula e enfim assente antes de se virar e desaparecer na direção oposta.

Theo e Asha me guiam pelas escadas do terceiro andar e então por uma série de corredores geralmente reservados a empregados. Sei imediatamente que estão me levando para a saída oculta na ala oeste do castelo. É a mais próxima do portão ocidental de abastecimento. É a maneira mais fácil de sair do castelo.

Meu coração bate forte o caminho todo até lá, e eu continuo dizendo a mim mesma que conseguiremos, que Roc e James também conseguirão, e que tudo ficará bem.

Mas meu estômago está revirando, e sinto que é meu instinto tentando me dizer algo.

Theo nos faz parar no final de um daqueles corredores não utilizados e coloca o dedo nos lábios, pedindo silêncio.

O pânico toma conta de mim.

— O que foi? — Asha sussurra. — Eu não vejo...

Mas Theo puxa um bastão grosso do cinto e desfere um golpe na cabeça de Asha.

Eu grito, cobrindo minha boca com as mãos.

Os olhos de Asha reviram e ela cai de joelhos, o sangue fluindo livremente de um grande corte em sua têmpora.

— Theo! Por que você fez isso?

— Ela estava trabalhando contra você.

— O quê? Asha? Não, não pode ser.

Theo agarra meu punho e me puxa na direção oposta.

Olho para Asha, caída e inconsciente, conforme Theo me puxa para as sombras.

Será que entendi tudo errado?

Todos os dias que passei nesta corte, questionei os motivos das pessoas, se estariam me usando, tentando me sabotar ou, pior, tramando contra mim. Mas nunca, jamais, questionei Asha.

Theo me puxa através de uma porta que dá acesso a uma escadaria de pedra em espiral. Descemos.

— Aonde estamos indo?

— Você verá — Theo me diz, apertando meu punho cada vez mais. O ritmo dele é enlouquecedor, e estou descalça e de camisola. Não estou vestida para uma fuga clandestina.

A escada não tem janelas, apenas tochas de ferro cravadas na pedra, a chama tremulando a cada corrente de ar que entra furtivamente.

Não há nada na escada para me orientar, e percebo tarde demais que não estamos fugindo; estamos indo para o subterrâneo.

A escadaria nos joga em um túnel estreito e de teto baixo. Um túnel que sei que leva ao calabouço do castelo.

A agitação em meu estômago aumenta, e receio que vou vomitar.

Não.

Há três guardas esperando no final do túnel.

Theo me empurra para a frente, entregando-me a eles.

Corro na direção oposta, mas Theo me agarra pela cintura, levantando-me do chão.

— Não! Eu não vou. Eu não vou voltar! — Luto com todas as minhas forças, mas não é o suficiente. Fui pega de surpresa. Despreparada. Distraída. Ingênua.

Theo me deposita nos braços dos guardas. São três homens grandes e musculosos usando uniformes de couro que os protegem dos meus tapas e dos meus arranhões.

Eu grito e esperneio, feral. Não consigo respirar. Não consigo pensar. Só quero sair correndo, correndo, correndo para bem longe.

Eu não vou voltar.

Não posso voltar.

— Theo! — eu grito. — Não faça isso!

— Minhas desculpas, Vossa Majestade — ele diz. — Ela me pagou mais do que você jamais poderia.

31
GANCHO

O que devo fazer com a confissão do Crocodilo?
O que devo fazer agora que o tive, que ele compartilhou seus arrependimentos?

Ele ainda é o mesmo que decepou minha mão e zombou de mim anos atrás.

E eu ainda sou uma decepção para meu pai.

Não havia nada que o Comandante considerasse mais importante do que um homem íntegro que não se dá a cabriolagens, que construiu um legado com herdeiros dos quais se orgulhar para continuar a levar adiante o ilustre nome Gancho.

Eu não sou nada disso. Não sou um homem honesto. Sou apenas um pirata cujo legado é uma guerra inútil contra Peter Pan e uma linhagem familiar que agora está entrelaçada a ele.

Continuo cedendo aos meus inimigos. E sei o que o Comandante pensaria disso: que sou um fraco, um fraco e sem força de espírito.

Paro em um jardim de rosas no formato de meia-lua ao redor de uma fonte borbulhante.

Com as mãos nos quadris, olho para as estrelas.

Maldição! Estou tão confuso.

Toda a minha vida, quis ser o que o Comandante William H. Gancho queria que eu fosse. Mas como posso construir um legado, quando estou perseguindo uma mulher casada e uma besta imortal que decepou minha mão?

O vexame revira meu estômago.

Enquanto estou sozinho no jardim contemplando os destroços da minha vida, os sinos do castelo tocam.

É um som tão estranho na calada da noite que arrepia os pelos dos meus braços.

Isso não é nada bom.

Sombras passam de um lado para o outro diante das janelas do castelo; o frenesi das figuras em harmonia com o tinido alto dos sinos.

Corro pelo caminho cercado de arbustos e volto ao castelo por uma porta dupla no refeitório do jardim. Não há ninguém aqui. Não que eu esperasse alguém a esta hora profana. Mas posso ouvir passos e gritos vindos do grande saguão de entrada.

Vou até lá e encontro o castelo mergulhado no caos. Soldados marcham.

Cortesãos enrolados em penhoares, alguns chorando. Os servos sobem as escadas correndo.

— O que aconteceu? — pergunto a uma mulher envolta em metros de seda vermelha.

— Uma tragédia! — Ela agarra meu braço. — O rei está morto!

Sigo outra fila de guardas enquanto eles sobem a grande escadaria com o príncipe na frente.

— Caralho — murmuro.

O queixo da mulher cai, claramente ofendida com a minha linguagem. A Terra do Sempre se tornou um reino de malditos puritanos.

Preciso voltar para Wendy e Roc, mas a escadaria principal está inundada de gente.

Há uma escada nos fundos — Roc e eu fomos conduzidos até ela depois que o príncipe nos convidou para ficar, mas eu estava exausto e em estado de choque. Não lembro como chegar até ela.

— Para que lado fica a escada dos fundos? — pergunto à mulher.

Ela franze o cenho para mim.

— Para procedimentos ilícitos?

— O quê? Não. Eu... deixa pra lá. Eu mesmo encontro.

Já estive em casas grandiosas o suficiente para saber que a escada dos fundos geralmente fica escondida na parte de trás da casa, perto da cozinha. Eu viro em um corredor mal iluminado que fica atrás da grande escadaria e esbarro em uma figura pequena e escura.

Sinto uma picada em meu braço, um movimento afiado de corte.

— Oh, pelos deuses! — exclama uma vozinha. — Eu sinto muito.

Quando a mulher entra no círculo de luz projetada pela arandela de parede, reconheço a noiva do príncipe. Ela está segurando um sacrário de bronze, a suposta arma usada para massacrar os *malum vermes* centenas de anos atrás.

É um sacrário rudimentar, provavelmente feito assim para parecer autêntico à era medieval. O que também significa que a extremidade é afiada como uma adaga.

E acho que levei um corte.

— Minhas sinceras desculpas, senhor — ela diz novamente e pega meu braço para inspecionar o dano. — Meu prometido me disse para fugir para o quarto do pânico, e esta era a única arma que tínhamos e... — Ela examina o ferimento.

Sei o que ela vê, mas não ouso olhar.

Estou sangrando e estou sangrando preto.

Ela fica chocada e cambaleia dois passos para trás, então faz a marca do x diante do peito para afastar os espíritos das trevas.

Ou seja, eu.

— *Homme maléfique* — ela sibila.

Homem mau.

Inferno.

Mas claro que sempre soube disso, não é? Que sou feito de trevas e impulsos ainda mais sombrios.

E isso é especialmente verdade, agora que estou considerando o que seria necessário para matá-la. Porque coloquei Wendy em perigo. E Roc. Com os rumores que circulam de que o castelo está tomado por bruxas e magia sombria, e com o príncipe já tramando contra Wendy, sua noiva recebeu uma flecha dourada. Eu vim aqui por causa de Wendy e estou obviamente amaldiçoado.

— Aí está você, Vossa Graça. — Um guarda aparece, avistando a noiva. Ele percebe a tensão entre nós, vê os olhos arregalados da garota e o jeito como ela está apertando o sacrário contra o peito.

Eu não deveria estar aqui.

— Peguem-no! — ela grita.

Eu me viro e saio correndo.

32
ROC

Não encontro o Capitão em lugar nenhum.

Para onde ele foi, porra?

O pânico está se amontoando dentro de mim como um convidado indesejado.

Não me importo se algo acontecer com o Capitão. Então por que tenho essa maldita sensação de que me importo?

Pego meu relógio de bolso e confiro as horas. O tiquetaquear do ponteiro dos segundos é um conforto e um aviso.

Estou perigosamente perto do horário de transmutação.

Procuro em todos os cantos do terceiro andar do castelo, entrando em quartos que às vezes estavam vazios, às vezes não. Todos são frustrantemente inúteis, incluindo o homem que tentou me bater com um atiçador de ferro.

Ele guinchou como um gato quando eu o enfiei em seu pé.

No segundo andar, checo todas as salas de estar, todos os salões de baile, todos os demais malditos cômodos sem um propósito definido, a não ser acomodar mais cadeiras malditas.

Ele se foi.

Ele me abandonou de novo?

Entro em um corredor fora do corredor principal e vejo uma figura caída no chão, o sangue acumulado como um halo ao redor de uma cabeça de cabelos escuros e lisos.

Acho que sei quem é, mas quero ter certeza de que não é uma armadilha.

Faço uma pausa, ouvindo para ver ser tem alguém por perto, mas ouço apenas as batidas suaves e constantes de um coração humano.

Dou mais um passo.

As batidas soam familiares.

Quando alcanço a figura, ajoelho-me sobre uma perna e examino seu rosto.

É a mulher com quem Wendy saiu. Mas também é a mulher que estava me bisbilhotando na cozinha. Reconheço o padrão das batidas de seu coração.

Estou impressionado.

— Ei! — digo e estalo os dedos.

A garota recobra a consciência e levanta-se de um pulo. Em impressionantes poucos segundos, já está atrás de mim, aplicando um mata-leão.

— Isso não vai funcionar — digo a ela, mas minha voz está embargada pela falta de fluxo de ar.

Ela não diz nada, mas sinto seu equilíbrio instável, provavelmente por causa de uma concussão.

— Por que não conversamos como adultos? — sugiro.

Ela ainda está em silêncio. Admiro sua tenacidade.

Deixo o estado de meu corpo mudar e meus contornos perdem a forma sólida.

A garota fica boquiaberta.

Agarro um punhado de seu cabelo e a puxo por cima de minha cabeça. Ela não consegue manter o estrangulamento e bate de costas no chão, perdendo o ar.

Ela rapidamente rola e fica de quatro, tossindo, cuspindo.

— Tentei te avisar — eu lhe digo, colocando-me de pé. — O que aconteceu?

— Como assim? — ela toma fôlego.

— Quem te atacou?

Ela fica de joelhos, balança e limpa a boca. Seu olhar é distante, mas cortante.

— Por que raios você se importa?

— Porque a última vez que te vi, você estava com Wendy. Onde ela está agora?

A garota se levanta imediatamente.

— Merda!

— Sim. O que aconteceu.

— Ele me atacou. Theo.

— O guarda? — A garota assente. — Para onde ele a poderia ter levado?

— Sinceramente, não sei. São muitas as opções.

— Vamos começar com a mais óbvia.

Ela pisca várias vezes, como se estivesse tentando pensar direito, então:

— A masmorra.

Eu concordo.

— Mostre-me.

33

WENDY

MINHA VISÃO ESTÁ TURVA, E O PÂNICO TOMA CONTA DE MIM.

Não quero voltar.

Não posso voltar.

Eu luto, esperneio, debato-me e grito.

Mas não adianta. São três guardas mais o Theo. Não sou páreo para eles. Serei jogada na masmorra e vou apodrecer lá.

Lágrimas escorrem pelos meus olhos.

Não há ninguém para me salvar.

Estou de frente para o caminho de onde viemos. Os guardas se engancharam em meus braços, um de cada lado, e me arrastam de volta para as entranhas do castelo. Theo segue atrás de nós, mas evita olhar diretamente para mim.

Passamos cela após cela. O ar fica mais úmido, mais frio, e começo a tremer.

Paro de lutar e me largo nos braços deles, soluçando, meus pés descalços batendo no chão irregular de pedra.

Talvez seja meu destino ficar esquecida no escuro. Talvez seja minha sina nunca ter uma vida. Desde que nasci, sabia que era amaldiçoada. Sempre estive à mercê de outro alguém.

Estou quase desistindo e me entregando ao meu destino, quando o conselho que ouvi de Asha ecoa em minha memória.

Se você souber como chutar as bolas de um homem, sempre terá uma arma.

Agarro-me a isso.

Sempre admirei Asha, por sua força, sua inteligência, sua bravura.

Sempre quis ser mais como ela.

"Você não é fraca", ela me disse uma vez quando reclamei da minha habilidade de resistir às fofocas da corte. Sei que ela queria dizer que eu não era mentalmente fraca, mas, esse tempo todo que passamos praticando no campo de treinamento, ela me deu outro presente: confiança em minha própria força.

Eu não sou fraca.

Não serei aprisionada.

Não mereço ser aprisionada.

E, acima de tudo, conquistei o direito de *viver*, porra!

Quando os guardas chegam à cela destinada a mim, o homem à frente dela pega seu anel de chaves e abre o cadeado. A porta é aberta com um rangido que ecoa por todo o túnel.

Sabendo que preciso estar em uma posição melhor antes que eles me joguem na cela, eu me largo completamente, caindo no chão. As pedras irregulares machucam minhas costas, mas ignoro a dor e a utilizo como combustível.

— Ai, cacete — pragueja o homem à minha esquerda. — Deixe ela comigo.

Ele vem até mim, passa os braços por baixo dos meus e me levanta, como se eu fosse uma boneca de pano.

— Dizem que você é uma bruxa, mas acho que estão errados. Para mim, não passa de uma criança petulante.

Os demais riem.

O homem cheira a cerveja e conserva de repolho. Meu estômago revira.

Enquanto ele ainda está na minha frente, coloco um pé para trás e o firmo bem no chão, então apoio as mãos em seus ombros, do jeito que Asha me ensinou.

"Garanta uma boa fundação", ela disse. "Então controle o corpo."

Horas e horas de prática com Asha colocam meu corpo em piloto automático.

Sei o que fazer.

Meu joelho voa para cima, e o acerto em cheio bem no meio das bolas. O capanga esbugalha os olhos e fica vermelho com o impacto, perde o ar e cospe no próprio bigode ao se curvar como uma flor murcha para se proteger de outro ataque.

— Ei! — diz o outro.

— Peguem-na! — ordena o terceiro.

Arranco a adaga do cinto do capanga debruçado e me viro conforme o segundo guarda vem para cima de mim.

"Sempre mire alto", Asha dizia. "A maioria dos homens será mais alta que você. Órgãos vitais estarão mais acima. Mas atenção às costelas."

A lâmina afunda facilmente na carne dele. O sangue verte em meu braço.

Puxo a adaga bem quando o terceiro guarda, o líder, agarra meu ombro e me vira, já de punho cerrado mirando no meu rosto.

Desvio. Ele golpeia o ar.

Cravo a lâmina em seu joelho, e sua perna bambeia. O uivo de dor reverbera pelo corredor.

"Transforme-os em uma almofada de alfinetes", dizia Asha, demonstrando em um saco de batatas. Bum. Bum. Bum.

Para cima. Mire.

Esfaqueio. Esfaqueio. Esfaqueio de novo.

O guarda começa a tossir sangue e desaba no chão de pedra.

Respiro fundo, a adrenalina bombeando em minhas veias enquanto estou no meio da carnificina.

Então me viro e enfrento Theo.

Suas narinas se dilatam, os olhos ficam grandes e redondos.

— Você não quer fazer isso — ele avisa.

— Ah, eu quero, sim, e quero muito.

Lâmina ainda na mão, vou para cima dele.

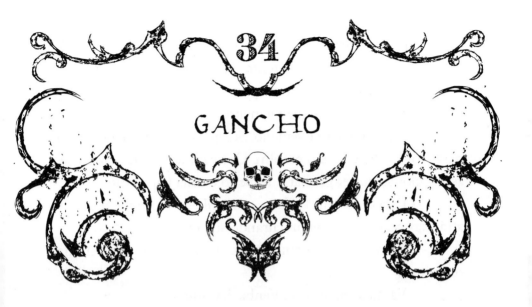

34
GANCHO

Por algum milagre, consigo sair dos domínios do castelo sem ser notado. Os habitantes da cidade claramente ouviram os sinos e agora estão reunidos no portão principal do castelo com velas e flores, aos berros e prantos.

Temo pelo futuro da Terra do Sempre e de Wendy, mas ficar aqui só a colocará em mais perigo. Tenho de ir. E rápido.

Todas as ruas que levam para longe do castelo estão repletas de vigias e enlutados, e tenho de abrir meu caminho. Mal consigo atravessar a multidão crescente e ouço um choro. Não os soluços baixos de alguém em luto, mas as fungadas apavoradas de uma criança.

Examino o cruzamento ali perto e vejo um garotinho encolhido na alcova de uma loja, com o casaco rasgado, o rosto sujo e molhado de lágrimas.

Não há ninguém ao redor.

Meu olhar se divide entre o menino e a próxima rua, a que leva diretamente ao meu navio.

— Puta merda — resmungo e me volto para a alcova da loja. — Você está perdido?

Que idade será que tem esse menino? Uns quatro?

— Consegue falar? — tento quando ele não responde.

Os olhos dele estão vermelhos e marejados, mas para de choramingar quando vê meu gancho.

Crianças odeiam o gancho. Sei que é amedrontador. E em parte foi por isso que o escolhi. Um capitão pirata tem de ser assustador se quiser ganhar o respeito de sua tripulação.

— Está tudo bem. — Eu o tranquilizo, colocando o gancho atrás das costas. — Está procurando sua mãe?

— Mamãe — o menino choraminga, confirmando minhas suspeitas.

— Vai ficar tudo bem. Venha, levante-se.

Usando meu outro braço, eu o pego no colo e o apoio em meu quadril. Seus dedos pequeninos se enrolam na lapela de meu casaco, e ele repousa a cabeça em meu ombro.

— Para onde sua mãe foi?

Ele aponta para a esquerda. Não tenho tempo a perder, portanto espero que ele tenha entendido a pergunta.

Seguimos para a esquerda. Mais pessoas debandam da cidade rumo aos portões do castelo. Protejo o garotinho do empurra--empurra e do frenesi.

— Por que diabos esse povo se importa tanto com a morte de um velho? — resmungo e o menininho levanta os grandes olhos para mim, mas não diz nada. — Oremos aos deuses para que você cresça mais sensato.

— Henry! — uma voz grita acima da multidão.

O garotinho soluça.

— É a sua mãe? — eu lhe pergunto.

— Mamãe — ele choraminga.

— Henry! — a mulher grita ao ver a criança no meu colo. — Oh, meu bebê!

O garotinho começa a soluçar mais forte e estica os braços para ela, que o pega de mim, abraçando-o bem forte.

Os dois choram juntos.

— Obrigada. — A mulher me agradece e aperta minha mão. — Que os deuses te abençoem. Você é um bom homem. Um bom homem que fez uma boa ação.

— Está tudo bem. Não foi nada de mais.

Ela arranca um cordão amarrado ao redor do pescoço e o entrega a mim. Balançando na ponta há o pingente de uma estrela. A maioria das ilhas têm algum tipo de religião que endeusam as estrelas.

— Para você — diz a mulher, incentivando-me a aceitar.

— Eu não poderia...

Ela me interrompe, depositando o amuleto em minha mão.

— Por favor, aceite como uma prova de minha gratidão.

Então ela aninha o garoto abaixo do queixo e desaparece ao virar a próxima esquina.

Seguro o colar contra a luz de um poste, o pingente gira para a frente e para trás, ora refletindo a luz dourada, ora voltando-se para o escuro.

Você é um bom homem.

As palavras ecoam em minha mente.

Um bom homem.

Um bom homem.

Outra multidão passa apressada. Agarro a pessoa mais próxima:

— Você tem uma faca?

— O quê? — Ele tenta se desvencilhar, mas estou determinado.

— Uma faca? Você tem uma faca?

Os amigos estão se afastando dele. O rapaz olha para eles e prageja.

— Aqui. — Ele coloca uma faca de bolso em minha mão. — É de um metal barato. Não se corte com ela.

E então ele some. Meu estômago revira.

Enfio o colar em meu bolso, viro o punho e a lâmina se abre num estalido.

Realmente vou fazer isso?

Um bom homem que fez uma boa ação.

Roc desafiou minha crença sobre meu sangue. Preciso saber se ele está certo.

Coloco a ponta afiada da lâmina na parte inferior do meu braço, logo abaixo da pulseira de couro que mantém o gancho preso ao meu braço.

— Aqui vai — sussurro, sentindo que estou prestes a vomitar.

Com um puxão curto e afiado, a lâmina corta minha carne. Minha visão afunila, sinto vertigem, mas consigo ficar consciente e olho para o sangue brotando do corte.

É preto.

Não há diferença se faço uma ação boa ou ruim.

Meu pai me enganou.

— Inferno — digo entredentes e mudo de direção.

Roc estava certo.

35
GANCHO

Voltar ao castelo é duas vezes mais trabalhoso que escapar dele, mas eu retorno mesmo assim, porque, quando estou determinado a fazer alguma coisa, vou até o fim.

Pouco me importa se Wendy ainda é tecnicamente casada com um rei morto. Se ela quiser deixar este lugar, eu a levarei para onde quiser ir. Ela merece finalmente ter uma vida de sua própria escolha. Roc também pode vir se quiser. Se ele se comportar.

Estou tão acachapado pela compreensão de que meu sangue não significa automaticamente que eu sou mau, que quase dou de cara com a noiva do príncipe.

Mas algo está diferente.

Ela está sorrindo para mim.

— Você voltou — ela diz, com as mãos dobradas diante de si.

A garota tímida, ligeiramente escandalizada, foi substituída por uma astuta e muito mais ameaçadora.

Desde a primeira vez que a vi, ela me pareceu familiar, mas não sabia de onde.

Conforme a encaro, porém, e reparo no nariz pequeno e afilado, as bochechas fundas, o par de olhos afastados e o cabelo castanho e cacheado, reconheço-a.

Ela era diferente naquela época.

Tinha cabelos mais longos e penteados em duas tranças. Os olhos escuros eram delineados em preto. Não andava adornada em joias reais, mas, sim, cordas grossas e trançadas com conchinhas ao redor do pescoço.

A verdade me atinge nua e crua, a ponto de fazer minha cabeça girar.

— Você é a bruxa do bosque. Aquela que meu pai me levou para ver. — O sorriso dela se alarga enquanto o queixo se abaixa e os olhos se estreitam. — Como... por quê...

— Por que eu estou aqui? — ela me diz. — *Como* estou aqui? Quer a história completa ou só as partes importantes?

Contraio a mandíbula.

— A história completa.

— Muito bem. Siga-me. — Ela vira no corredor principal do primeiro andar.

Olho por cima do ombro. O castelo se acalmou desde que saí mais cedo, mas ainda há gritarias nas alcovas. O sol está começando a se levantar, e a luz penetra pelas janelas altas do mezanino.

Será que me atrevo a segui-la?

Ocorre-me que esta mulher pode ser uma parasita infiltrada na corte de Wendy. Ouvi rumores de magia e bruxas. Sei que Wendy é mortal, o que corrobora o fato de que os rumores são, na verdade, sobre *esta* mulher.

Só que ela também está conectada ao meu passado e a quem pensei que eu fosse.

Talvez não seja coincidência que ela esteja aqui agora, que nossos caminhos se cruzem bem quando comecei a questionar tudo em que meu pai me fez acreditar sobre mim, usando-a como parte do esquema.

Decido ir atrás dela.

Ela me conduz a uma sala de estar em que toda a mobília é verde-esmeralda e as cortinas são verde-floresta, para combinar. Ela se serve de um drinque e me oferece outro. Por cautela, espero que ela beba primeiro do seu antes de provar o meu.

É um vinho doce, parecido com vinho fae, mas com acidez bem mais acentuada, que se sobrepõe ao ardor do álcool.

— Minha ilha natal é a Terra Perdida — ela me diz. — O lar dos Criadores de Mitos.

Uma das Sociedades Secretas das Ilhas, que está sempre agindo por baixo dos panos para manter poder, prestígio e riqueza.

— Fiz algo ruim no passado. — Ela passa o braço pela cintura, ainda segurando o cálice. — Os Criadores de Mitos são controlados por um conselho de sete. São conhecidos como os Mitos, e, a certa altura, eu deveria ter sido introduzida como um deles. O mais velho dos mitos, porém, achou que eu era, por assim dizer, muito feral e me passou para trás, em favor do próprio sobrinho. Então eu o matei. O sobrinho, não o Mito. Só que não pegou nada bem.

Ela ri consigo mesma e começa a andar pelo cômodo.

Não sei como agir. Ainda estou chocado que ela deu um jeito de se tornar a prometida do príncipe e então se esconder bem à vista de todos, fazendo o papel de recatada noiva.

Mas por quê? Por que ela está aqui e o que isso tem a ver comigo?

— Fui banida da Terra Perdida e das Sete Ilhas — ela continua. — Fui jogada no reino mortal e não só fui banida como fui impedida de encontrar o caminho de volta para as Ilhas. Por mais que eu procurasse, por mais magia que fizesse, não conseguia voltar.

Ela dá a volta em um ornamentado canapé dourado com estofado verde.

— Eu me estabeleci no seu reino como uma mística, mas minha mágica enfraquecia dia após dia. Desconectada das Ilhas, foi como se minha magia também estivesse bloqueada. Fiquei desesperada, a ponto de tentar qualquer coisa. O reino mortal passa fome de mágica, mas quem sabe onde procurar consegue encontrar as pessoas certas. Visitei uma cartomante em busca de orientação e ela me disse que o gancho era a chave para eu voltar.

Ela vai até a janela e beberica seu vinho.

— A princípio, não entendi. O que isso significaria? Por meses fui consumida por essa previsão, pesquisando e analisando sem parar. Até que um homem apareceu em minha porta pedindo que eu ensinasse uma lição ao filho malcriado. Seu nome era William H. Gancho.

Já suspeitava que a história estava seguindo esse rumo, mas ouvir o nome de meu pai falado em voz alta, por outra pessoa além de mim, traz de volta todas as minhas memórias reprimidas.

Odiava o homem e o amava na mesma medida. Trabalhei duro para conquistar seu respeito e ainda mais arduamente para corresponder às suas expectativas. Mas nunca era o bastante. E acho que, lá no fundo, eu sabia que, quaisquer que fossem suas expectativas, era impossível atendê-las, porque elas estavam sempre mudando.

A bruxa continua.

— Agora, saber se era William ou James... — ela aponta seu copo para mim — o sujeito da previsão da cartomante era um jogo de azar, e tentei minha sorte e escolhi você. Seu pai queria que eu desse um jeito em você, mas eu precisava de um mapa. Por isso usei o pouco poder que me restava e te dei uma parte de mim, a mais importante: minha magia.

Olho instintivamente para o corte em meu braço, agora com uma crosta preta.

— Um dia você zarpou e nunca mais retornou — ela prossegue —, porque é lógico que, literalmente, trombou com as Sete Ilhas, enquanto eu passei décadas procurando meu caminho de volta. Mas, assim que você estava lá, tudo o que eu tinha de fazer era rastrear minha mágica e seguir no seu encalço.

Ela abre os braços.

— *Voilà*! Estou em casa. Mas não imaginei que você engravidaria uma Darling e que o bebê Darling passaria seu poder à mãe.

Fico de queixo caído.

Isso explica a habilidade de cura de Wendy. E traz outra questão: esse poder foi continuamente passado de geração em geração na linhagem das Darling? Será que Winnie Darling herdou algum poder dos Criadores de Mitos?

Tomo outro gole do vinho para acalmar os nervos. É coisa demais para assimilar.

— E agora você está aqui — digo à bruxa. — O que quer na Terra do Sempre?

Ela sorri.

— Sabe o Mito sobre o qual te falei? O que me baniu? Agora ele está morto. Um novo Mito reina e planos estão em ação. Eu sou apenas uma engrenagem no sistema.

— Mas que inferno...

— Oh, sim, Capitão Gancho — ela diz, apontando seu cálice para mim. — Será um inferno mesmo.

Preciso encontrar Roc e lhe contar o que descobri. Tenho de salvar Wendy antes que os Criadores de Mitos transformem toda essa corte em um campo de batalha.

Deixo meu cálice em uma das mesas para me retirar, mas a virada abrupta faz a sala girar. A princípio, penso que pode ser falta de sono ou talvez fome, mas ficar de pé não ajuda a melhorar.

Os passos da bruxa se aproximam. Cambaleio para a frente e trombo na mesa. O copo bambeia e, quando derrama o vinho, percebo que a bebida está salpicada com alguma substância verde.

Meus joelhos falham e desmorono no chão.

— Sinto muito, Capitão Gancho. — A bruxa se agacha ao meu lado. — Vou precisar da minha magia de volta para ajudar os Criadores de Mitos a conquistarem as Sete Ilhas.

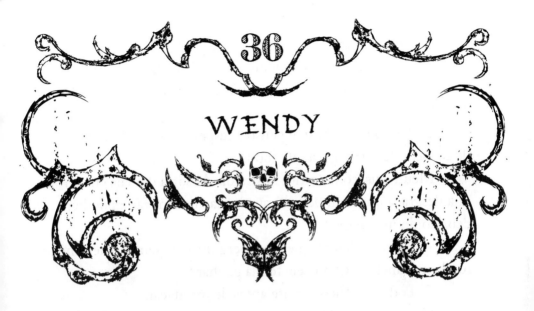

36
WENDY

Estou perdendo essa luta. Theo me conhece melhor que todos os outros guardas. Ele está contra-atacando todos os meus movimentos, e, quando seu punho me acerta na mandíbula, eu cuspo sangue e vejo estrelas. A força do golpe me faz girar e cambaleio até cair de joelhos no chão de pedra.

— *Levante-se!* — grito para o meu corpo dolorido e exausto. — *Levante-se!*

— Wendy. Wendy. Wendy. — Theo estala a língua enquanto caminha vagarosamente até mim. — Juro que queria que você não tornasse tudo tão difícil.

— Quem te pagou, Theo? — Coloco-me de pé com dificuldade. — Não sabe que não pode confiar em nenhum deles?

Theo sorri, mostrando os dentes sujos de um sangue aguado.

— Pode ser que a bruxa não seja confiável, mas ela já me deu o dobro do que você tem em ouro. Pensou mesmo que eu acreditei quando você disse que se casaria comigo assim que o velhote morresse? Foi muito fácil dizer sim à proposta da bruxa.

— Que bruxa? Do que você está falando?

— Mareth — ele finalmente diz. — Mareth é a bruxa.

A prometida de Hally? Não pode ser. Ela é tão quietinha. Tão tímida.

É claro que, agora que penso a respeito, eis o jeito perfeito de se esconder bem à vista de todos.

Meu Deus, como estive abstraída. Absorta demais em minha desgraça que nem percebi que havia alguém tramando bem debaixo do meu nariz.

— O que Mareth quer? — pergunto enquanto Theo me ronda no túnel. — O que ela tem a ganhar?

— Poder — Theo admite antes de me atacar.

Ele me agarra pelo pescoço e me joga contra a parede. Minhas costelas chegam a tremer com a dor do impacto e perco o ar.

Estou engasgada. Preciso de oxigênio.

Theo arranca a adaga de minha mão e a aponta para mim.

Ainda tentando recuperar o fôlego, impeço seu avanço bloqueando seu antebraço com o meu, mas não sou forte o bastante para lutar com ele mano a mano por muito tempo.

A ponta afiada da adaga está cada vez mais próxima de meu peito. Theo cerra os dentes e empurra. Se me acertar, vai perfurar meu coração e estarei morta. Nem sei mais pelo que estou lutando, mas sei que não quero morrer.

Há apenas uma opção.

Tenho de controlar o resultado.

Paro de resistir, afundo na parede ao mesmo tempo em que paro de tentar bloquear Theo.

Theo é pego de surpresa quando paro de me opor e a adaga avança afundando em meu ombro em vez de me acertar no coração.

Ele grunhe de frustração, mas o som é distante, como se eu estivesse submersa.

A dor é quase insuportável. Explode em meu ombro e desce pelo meu pescoço, vibrando na minha espinha.

Faço cara de choro, mas fico muda. A dor roubou todo o ar de meus pulmões.

Apenas alguns segundos depois, quando um sopro de ar consegue entrar, um guincho de ar escapa de meus lábios.

— Cale a boca. — Theo ergue a mão para me estapear.

— Eu não faria isso se fosse você.

Theo para repentinamente.

Roc emerge das sombras na curva do túnel. Asha vem atrás dele, com a testa incrustada de sangue.

Theo dá uma risadinha, mas qualquer um com dois olhos poderia ver o medo estampado em seu sorriso.

— Ela me atacou — diz Theo. — Ela enlouqueceu completamente.

— Sabe — diz Roc, ao se aproximar com passos lentos e preguiçosos —, fiz uma promessa a mim mesmo quando você irrompeu em nosso quarto na pousada, quando agrediu o meu Capitão.

— Ah, é? — Theo dá um passo para trás, como se a estratégia para se manter seguro fosse manter distância de Roc.

— Prometi a mim mesmo que te mataria na primeira maldita oportunidade.

— Eu só estava fazendo meu trabalho — Theo ri.

— Claro, claro. — Roc dá mais alguns passos. As chamas bruxuleantes das tochas na parede roçam a pele dele. — Então, depois de nos prender e nos arrastar diante da rainha, você me bateu com o bastão. Lembra-se?

Theo passa a língua pelos dentes.

— Não especialmente.

— Daí eu me fiz uma segunda promessa. Que você estava duplamente morto.

— Mas o quê...

Roc furta a adaga dos quadris de Asha e a lança no ar. A lâmina atinge Theo na garganta e gêiseres de sangue saem da ferida.

Theo pisca, pálido e de olhos esbugalhados.

Então Roc dispara, quase um borrão, pega a cabeça de Theo entre as duas mãos e...

CRACK.

O rosto de Theo está virado para o lado oposto de seu corpo em um ângulo nada natural.

Ele cai no chão como um saco de palitos.

— Aí está — diz Roc espanando as mãos. — Duplamente morto.

Asha vem até mim.

— Você está bem?

Seguro meu braço ferido bem junto de meu corpo.

— Acho que sim.

— Consegue andar? — Roc me pergunta.

— Sim.

— Então é melhor irmos.

— E quanto a James?

Asha e Roc se entreolham.

— Ainda não o encontramos — Roc admite. — Estava procurando-o quando encontrei sua amiga.

Meu coração afunda. Eu me desencosto da parede e faço uma careta com a dor que queima em meu ombro.

— Não retire a faca — Roc me avisa.

— Aqui. — Asha se aproxima e rasga um pedaço de tecido da barra de minha camisola, deixando-a esfarrapada e acima de meus joelhos. Ela enrola a faixa ao redor da adaga em meu ombro, estabilizando a arma.

— Fico de olhos bem fechados o tempo todo, receosa de desmaiar se não os fechar.

— Melhor? — Asha pergunta.

Dou um aceno sombrio. Por ora, é o melhor que vai ficar.

Roc vem até mim e passa pela minha cintura, puxando-me para junto de si. Ele passa meu braço sobre seus ombros, segurando minha mão para me manter ancorada.

— Se precisar que eu te carregue, é só falar.

— Vou ficar bem. De verdade.

— Não. — Ele olha sério para mim. — Você vai me dizer.

Não é difícil saber quando Roc está dando uma ordem, e não uma sugestão. Seu estado-padrão é o mais puro charme. Qualquer atitude diferente disso não deve ser ignorada.

— Certo. Eu direi.

— Ótimo. Agora vamos.

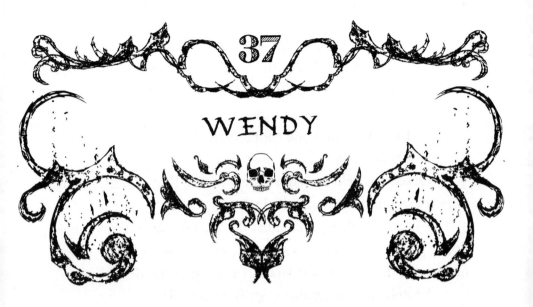

37
WENDY

Quando chegamos à superfície, respiro com um pouco mais de facilidade e a dor no meu ombro diminui. Mas cada passo drena mais e mais energia do meu corpo, e, ao passarmos pela cozinha, estou completamente amparada em Roc.

— Aonde James estava indo quando deixou seu quarto? — pergunto a Roc.

— Ele não me disse.

— Nunca vamos encontrá-lo.

— Vamos, sim.

Ele soa tão seguro.

Roc para no saguão de entrada, fazendo uma varredura no local.

— O que foi?

— Barulhos — ele murmura, estreitando os olhos para se concentrar. — Os guardas estão vindo por uma porta lateral. Algum lugar atrás de nós.

— Já estou indo cuidar disso — diz Asha.

— Espere! Sozinha?

Ela olha para trás e diz:

— Não me chamam de Quebra Ossos à toa.

— A lealdade dela contigo é admirável — Roc comenta conforme continua a nos guiar adiante.

— Somos leais uma à outra.

— Fico feliz que pode contar com ela.

— Eu também.

Descemos pelo corredor leste antes de Roc nos deter mais uma vez. Solto um gemido de dor.

— *Shhh* — ele ordena. Olho de cara feia para ele, mas obedeço e praticamente prendo a respiração. — Posso ouvi-lo — Roc finalmente diz e sai em disparada, carregando-me de reboque.

Irrompemos no grande saguão de entrada.

Hally está lá junto de Mareth e vários outros guardas.

Não somos nem um pouco discretos, e nossos passos no piso de mármore chamam a atenção de Hally, que imediatamente olha surpreso para mim.

Então é verdade. Theo não estava mentindo sobre Mareth ter lhe pagado para me aprisionar, e talvez ela nem tenha feito isso a mando do príncipe. Hally deve ter parado de envelhecer por causa de Mareth e seus poderes. E, se eu tiver de adivinhar, diria que provavelmente são a causa de o rei ter ficado doente repentinamente e eu não ter sido capaz de salvá-lo. Eles estavam trabalhando contra mim o tempo todo e eu nem tinha ideia.

No meio do saguão, de joelhos bambos e olhos pesados, está James.

— O que você fez com ele? — Roc pergunta.

— Ele tem algo que me pertence — Mareth responde.

É quase desconcertante a transformação de uma dócil noiva para alguém que está claramente no comando.

— Se é algo que ele pode te dar, ele dará — diz Roc.

— Não posso — Gancho resmunga.

— O que é? — eu pergunto.

— Não pertence a ele — Mareth continua. — Portanto, ele não tem o direito de mantê-lo.

— O que é? — pergunto mais uma vez.

Mareth se vira para me encarar, com as mãos cruzadas diante de si.

— Parte do meu poder.

— Poder dos Criadores de Mitos — Roc acrescenta.

Mareth se vira para Roc, mas não diz nada, o que é toda a confirmação de que preciso.

Lembro-me apenas vagamente de ter lido sobre as sociedades secretas na biblioteca uma noite em que Asha trabalhava em uma tradução.

De acordo com o livro, há muitas sociedades nas Ilhas, mas os Criadores de Mitos são uma das mais poderosas e misteriosas. Não ajuda o fato de estarem sediados na Terra Perdida, a única ilha que ninguém é capaz de apontar no mapa.

— Há quanto tempo ele está com esse poder? — pergunto, ainda pendurada ao lado de Roc.

— Há mais tempo do que ele te conhece.

Não é difícil ligar os pontos. Há uma seção inteira na biblioteca do castelo sobre transferência de poder por meio de vinculações, gravidezes, pragas e juramentos de sangue.

O que significa que James tinha parte desse poder quando eu fiquei grávida.

O que significa...

— O que esse poder faz? — Desvencilho-me de Roc, e ele resmunga quando o faço. — Poderia tornar alguém invencível? Poderia conferir a habilidade de cura?

— Poderia, sim. — Mareth sorri para mim.

Eu deveria me sentir aliviada por o mistério de meu próprio poder ter sido resolvido, mas só faz meu estômago revirar de ansiedade.

As consequências de ter o poder dos Criadores de Mitos são inúmeras. E, além disso, se o bebê tivesse poder, então toda a linhagem Darling, começando comigo, é parte dos Criadores de Mitos.

Não consigo fazer senso de nada disso agora. Não enquanto há uma faca cravada em meu ombro e James está de joelhos diante da bruxa que começou essa história toda.

— Qualquer que seja esse poder — Roc diz, colocando-se atrás de mim —, pode ser removido sem machucar o Capitão?

— Receio que não. — Mareth faz uma cara de pena, mas nada em seu comportamento indica que ela se compadece.

— Então você não o terá de volta. — Roc avança, mas vários guardas colocam-se em seu caminho, com as armaduras brandindo conforme empunham as armas.

Roc sorri para eles, passando a língua pelos incisivos afiados.

— Sinto muito, Crocodilo. Você terá de achar outro pirata para esquentar sua cama.

Mareth puxa um sacrário da bainha amarrada a seu quadril.

— Não! — eu grito.

James se agita ao ver a arma, como se sua mente estivesse tentando mandar seu corpo se mexer, mas não fosse obedecida.

Quando me viro para implorar a Roc que faça alguma coisa, ele já é um borrão disparando pelo saguão.

38
ROC

T*IQUE-TAQUE.*

Tique-taque.

Não preciso pensar no que estou prestes a fazer. Quaisquer que sejam as consequências, elas valerão a pena.

A fileira de guardas entre mim e o Capitão tem pelo menos vinte homens, uns cinquenta a menos do que precisariam para tentar me impedir.

Miro no cara do meio, um que está trêmulo e suando frio. Vou para cima dele e o atinjo com meu ombro, arremessando-o para longe. Ele se estatela no chão com um baque surdo, e eu tomo a espada de sua mão e fecho a distância entre a bruxa e eu num piscar de olhos.

Nossas espadas se cruzam num clangor primitivo.

Ela me encara, surpresa, soltando fogo pelas ventas.

— *Minha* — eu lhe digo.

O tiquetaquear fica mais alto em minha cabeça.

Tique-taque.

Tique-taque.

É hora de o Crocodilo sair para brincar.

39
GANCHO

Não sei se um dia me acostumarei a ver o Crocodilo se transformar.

Num minuto ele é um homem; no outro, seus contornos são feitos de escuridão e névoa.

Ele devora a bruxa inteirinha.

O príncipe fica estupefato, vendo tudo isso acontecer, então sai berrando ordens, e os guardas fazem um valente esforço defendendo o castelo contra o Devorador de Homens.

Roc não demora nada para abrir seu caminho atravessando a linha.

Os gritos ecoam pelo saguão de entrada e pelo mezanino, enchendo o castelo de terror e carnificina.

Osso a osso, Roc devora um a um, e todos eles ficam impotentes para detê-lo.

Quando tudo acaba, sua silhueta sem forma está diante de mim, dois olhos amarelos e brilhantes na escuridão sem fim.

— Capitão — ele diz numa voz ancestral e apavorante, e então se torna homem de novo, colapsando em meus braços.

Caímos juntos. Ele é um peso morto. Não sei como, mas mais pesado do que nunca, embora seu tamanho não tenha mudado.

— Monstro — o príncipe começa, e sua voz ganha volume. — Monstro! — Ele investe contra Roc, lâmina empunhada.

Eu me contorço sob o peso de Roc, tentando me reequilibrar.

Não sei se ele aguenta uma ferida de lâmina. Não conheço as leis de uma besta nem quero descobrir.

Consigo sair de debaixo dele e instintivamente tento pegar minhas pistolas, e só então me dou conta de que não as tenho desde que eles nos prenderam.

Esquadrinho os arredores e avisto o sacrário da bruxa.

Cambaleio até ele conforme o príncipe avança.

Wendy corre e se atraca com o príncipe. Eles rolam no chão. O príncipe perde sua espada e rapidamente se coloca de quatro, tentando recuperá-la no piso escorregadio.

Segurando firme o sacrário, pairo sobre o príncipe. Não sei muito sobre ele além do fato de que quer matar Roc. É tudo o que preciso saber.

O príncipe recupera a espada e, desajeitadamente, coloca-se de pé no piso molhado.

Ao se virar, escorrega no sangue de novo, e eu aproveito a oportunidade para apresentá-lo à ponta afiada do sacrário.

Ele cai para a frente, trombando em mim, seu sangue se esparramando à minha frente.

Eu o empurro e ele tomba no chão, olhos marejados com as lágrimas não caídas à medida que a vida é drenada de seu corpo.

Os primeiros raios de sol infiltram-se através das janelas.

Olho para Wendy agarrando o próprio ombro, onde há uma lâmina cravada.

Para além dos muros do castelo, o clamor do povo do vilarejo aumenta ruidosamente.

— Precisamos levar Roc para o meu navio — eu lhe digo e ela concorda.

Levanto Roc pelos braços, e Wendy pega seus pés, mas o braço esquerdo dela, atravessado pela lâmina, é praticamente inútil.

Wendy o derruba e cerra os dentes de dor.

— Está tudo bem — eu lhe digo. — Consigo arrastá-lo.

Exceto pelo fato de que, qualquer que tenha sido a droga que a bruxa me deu, ainda está surtindo efeitos em meu sistema. Toda vez que olho para Wendy, vejo duas dela.

— Não temos tempo para isso — Wendy prageja quase sem ar, segurando as lágrimas. — Talvez a gente...

Uma garota chega correndo no saguão de entrada. Está coberta de sangue, como se tivesse passado por um matadouro.

— Asha! — Wendy grita. — Graças a Deus.

A garota se aproxima e analisa a situação.

— Eu não consigo levantá-lo — Wendy explica.

— O que há de errado com ele?

— Ele faz isso — explico à moça. — Ficará desacordado por alguns dias. Temos de levá-lo ao meu navio.

A garota, Asha, assente.

— Posso ajudar se você tiver espaço para mais um em seu navio.

Wendy e eu nos entreolhamos. Será que ela confia nessa garota? A expressão em seu rosto me diz que ela suplicaria pela companhia da moça, com ou sem ajuda.

— Mas é claro — eu lhe digo. — Ajude-nos a levá-lo a um lugar seguro, e eu te levo para onde você quiser.

Carrego Roc por baixo dos braços enquanto Asha o pega pelas pernas, liderando o caminho. Ela nos guia pelo castelo até uma doca de descarga onde jaz um carrinho de mão vazio envolvido na bruma da manhã.

— Esse sempre foi seu plano de fuga para mim? — Wendy pergunta a Asha. — Me enfiar em um carrinho de mão?

— É tão bom quanto qualquer outro plano.

— Mas não tão digno — Wendy murmura e Asha dá risada.

Colocamos Roc no carrinho. Não acho que ele teria a mesma opinião de Wendy sobre ser carregado como um saco de batatas. Ele provavelmente adoraria. Só gostaria mais se fosse uma liteira real.

Asha sugere que vistamos as capas dos garotos de entrega e escondamos Roc debaixo de uma pilha de feno.

Ninguém nos para no caminho e, quando o castelo fica bem para trás, paramos para tomar fôlego e me dirijo às mulheres:

— O que será da corte agora?

Asha morde um pedaço de carne-seca e passa o resto para Wendy:

— Coma — ela ordena, e Wendy aceita o petisco de bom grado. — Sendo bem franca, já faz um bom tempo que a corte da Terra do Sempre precisa de um recomeço.

Wendy arranca uma tira da carne-seca com os dentes ao dizer:

— Ela está certa. Ajudei Hald a permanecer no poder muito mais do que ele deveria. Houve rumores. A situação vai piorar antes de começar a melhorar. Não sei quem preencherá o vazio deixado pela família Grimmaldi, e pouco me importa.

Mais sinos badalam pela cidade.

— Tenho minhas suspeitas — Asha diz e indica a placa de madeira do outro lado da rua.

Percebi que chegamos ao Poço das Gorjetas.

— Os fae? — arrisco.

— Há anos eles estão comprando propriedades em sigilo. As pegadas deles estão em todos os registros da cidade para quem procurar bem o bastante.

A cidade provavelmente se beneficiaria da energia apaziguadora que eu experimentei na taverna.

Boa liderança pode fazer toda a diferença. A questão é: será que os fae vão querer paz ou poder?

Quando finalmente chegamos ao navio, minha irmã, Cherry, está nos esperando no convés.

— Estava quase indo atrás de vocês — ela diz.

— Cherry? — Wendy grita.

— Wendy Darling?!

As duas mulheres colidem em um abraço. Wendy deixa um gemido de dor escapar antes de Cherry recuar ao perceber que ela está ferida.

Asha e eu nos desdobramos para levantar o carrinho com Roc na prancha, mas juntos conseguimos transpor a borda do navio e levá-lo ao cais.

— Não sabia onde você estava! — diz Wendy à minha irmã.

— Jas me mandou ficar no navio. — Cherry me olha exasperada. — Eu quase fiquei sem vinho, Jas.

— Minhas desculpas, Cherry. Estava um pouco ocupado lutando para me manter vivo. — Retiro o feno do carrinho, expondo Roc.

Ele pode estar inconsciente, mas nem por isso é menos monstruoso.

Mas agora é o meu monstro.

Com a ajuda de Asha, levo-o para meu quarto enquanto meus homens preparam o navio. Estou exausto, mas quero ir para o mais longe possível daqui. Quando o intendente me pergunta o destino, eu lhe digo:

— Qualquer lugar, menos a Terra do Nunca.

As ilhas mais próximas são a Terra dos Prazeres e a Terra Soturna, e, no que me diz respeito, qualquer uma das duas serve.

Somente quando a âncora é levantada e zarpamos, eu finalmente relaxo e puxo uma cadeira ao lado da minha cama. Um de meus homens me traz carne assada, uma garrafa de rum e um charuto de aroma adocicado.

Belisco a refeição, mas a comida não me cai bem, e eu enxaguo tudo com rum.

Wendy aparece um pouco mais tarde, com roupas limpas e a ferida tratada.

— Como ele está? — ela pergunta ao sentar-se cautelosamente na beira da cama.

Lá fora, as ondas batem suavemente no casco. É um dia glorioso para uma viagem. Gostaria de poder aproveitar devidamente, mas não acho que vou conseguir me acalmar até Roc acordar.

— Ele nem se mexeu — eu lhe digo. — Vane disse que ele geralmente fica desacordado por vários dias. Temos de misturar sangue e água, e fazê-lo beber.

— Vane... — Wendy ri para si mesma. — Tinha me esquecido completamente dele. Como vai aquele filho da puta?

— Ele tentou matar Cherry.

— Ele o quê?

— Ela colocou a outra Darling em uma situação comprometedora e...

Wendy franze o cenho.

— A outra Darling?

Olho para Wendy. Há tanto que ela não sabe, tanto que precisa colocar em dia.

— É uma outra história. Melhor deixar para outra hora.

Ela suspira e esfrega os olhos. Tem olheiras e está mais pálida que o normal por causa da perda de sangue.

— Por que não descansa um pouco? — eu lhe sugiro.

— Acho que vou mesmo. — Ela se levanta da cama.

— Não — eu lhe digo, interrompendo-a. — Aqui. Não vou deixá-la sair da minha vista. — Olho de relance para Roc. — Nenhum dos dois.

Wendy me dá um sorriso fraco.

— Você sempre foi o melhor de nós, James.

— Sou apenas um pirata que...

Ela se aproxima e engole minha objeção com um beijo. O calor se espalha em meu peito.

— Você não é apenas um pirata — ela diz. — É um dos homens mais atenciosos que já conheci.

Pela primeira vez em minha vida, acredito em tais palavras.

O navio segue o balanço de uma onda, e Wendy cambaleia e cai em meus braços, rindo. Eu a levanto e dou um tapinha em sua bunda.

— Já para a cama, mocinha.

Eu a conduzo ao leito, junto de Roc, e ela se aninha ao lado dele. Ajeito o cobertor sobre ela, para deixá-la bem quentinha.

Não demora muito, ela também está dormindo.

Wendy e Roc dormem profundamente, ambos imóveis, por horas e horas.

Eu cochilo na cadeira ao lado da cama à medida que a noite cai sobre o oceano. O balanço do navio nas ondas é um conforto que não tinha me dado conta de que precisava.

Por um momento fugaz, estou feliz e em paz.

EPÍLOGO

GANCHO

A CORDO SOBRESSALTADO, CERCADO PELA ESCURIDÃO. Tropeço em uma das lamparinas e a acendo com um fósforo. Uma luz dourada e bruxuleante ilumina meus aposentos.

Pego um cálice com resto de rum que está ali perto e bebo o restante, então me viro para a cama, a fim de checar Wendy e Roc.

Só que há apenas uma figura enrolada nos lençóis.

Onde está Roc? Quanto tempo se passou? Ele ainda não deveria estar acordado.

Ouço um estrondo, então um baque para além dos meus aposentos.

Saio correndo pelo corredor. Uma onda balouça o navio e sou jogado contra a parede.

Outro estrondo.

Quando emerjo na sala de jantar, encontro Roc debruçado sobre uma mesa e, no chão, um de meus homens está caído — ou melhor, metade dele.

— Mas que porra é essa?

O navio dá outro solavanco. Mantenho-me firme, procurando me equilibrar. Vários pratos caem da mesa, estilhaçando-se no chão.

Roc se apruma, seus olhos amarelos estão reluzindo.

— O que está fazendo? — grito com ele.

— Capitão.

— Você não pode sair por aí comendo meus homens!

— Capitão — ele repete.

— O quê?!

Há um clarão e ele volta à sua forma bestial, então de volta à sua forma sólida.

Avanço assim que o navio se endireita, mas, quando agarro o braço de Roc, ele se desintegra em minhas mãos, como se não passasse de bruma do mar.

— Algo está errado — ele geme e então muda de forma de novo.

O navio atinge outra onda, e Roc cambaleia para cima de mim, mas me atravessa como um fantasma.

Viro-me bem a tempo de vê-lo solidificar-se e cair sobre uma mesa. Quando me aproximo, ele está se desfazendo outra vez, mas agora há um rosto rodopiando na névoa.

A bruxa dos Criadores de Mitos.

Meu Deus.

— O que está acontecendo? — pergunto novamente.

Ele se agarra em meu casaco, os olhos amarelos arregalados.

E aterrorizados.

— O que posso fazer? — pergunto-lhe, desesperado para fazer algo, para salvá-lo.

Eu o sinto tremendo, como se não conseguisse se controlar.

— Preciso de Vane. Preciso do meu irmão. Leve-me... — Ele respira com dificuldade. — Leve-me de volta para a Terra do Nunca.

AGRADECIMENTOS

Esta série não teria saído do papel sem a ajuda de vários leitores.

Em primeiro lugar, quero agradecer a Jeff, por realizar a leitura sensível de *O Devorador de Homens* e me ajudar a retratar de forma precisa e respeitosa o relacionamento entre James Gancho e o Crocodilo. Quaisquer erros e/ou imprecisões ainda presentes neste livro são de minha inteira responsabilidade.

Estou superagradecida a Rae e Ashleigh, por serem minhas leitoras beta e, como sempre, não me deixarem enfiar o pé na jaca.

E, por fim, obrigado a JV St. Crowe, meu melhor amigo e maior incentivador. Sou grata por todas as nossas conversas sobre o enredo, as discussões sobre personagens e seu apoio infinito. Se eu estivesse em um romance do tipo "Por que escolher um homem quando posso ter todos", você seria meu marido favorito.